Invincibile:
Un Romanzo Western

Richard G. Hole

Far West

SINOSSI

Tre fuorilegge, appostati nel terreno accidentato, apparvero improvvisamente sul sentiero, indicandolo.

Ma appena fermarono il viandante e cercarono di accerchiarlo per privarlo del denaro, egli, con la leggerezza acquisita, tirò fuori la piccola rivoltella che portava alla cintura, e con due colpi precisi, che vibrarono quasi contemporaneamente, ha abbattuto due degli uomini. fuorilegge.

Quando il terzo, attonito, ha voluto reagire e respingere l'aggressione, un nuovo colpo gli ha portato una mano e una rivoltella, costringendolo a cadere giù da un terrapieno per non subire la sorte dei compagni.

Invincibile è una storia appartenente alla collezione Wild West, una raccolta di romanzi sviluppati nel Far West americano.

INVINCIBILE

CAPITOLO I

DUE "PROIETTILI PERSI"

Bud Raines nasce con la "Colt" in mano, secondo l'affermazione unanime di tutti gli abitanti della regione. Non osiamo assicurare che materialmente sarebbe andata così, ma metaforicamente nessuno avrebbe permesso di assicurare che non fosse vero.

La mattina che venne al mondo in una ridente cittadina vicino a una delle grandi anse che formano il fiume Colorado, chiamato Grand Canyon, tra le riserve indiane di Havasupai e il piccolo Colorado, suo nonno, il vecchio Kelly, affermava molto seriamente osservando che Bud è venuto sul pianeta mordendosi ferocemente entrambi i pugni:

"Guardalo, poveretto; Impazzisce perché non è riuscito a uscire a girare una buona "Colt" di 45 anni, come tutta la sua famiglia.

E rendendosi conto che era suo dovere fornire al neonato l'aggeggio tanto agognato, tirò fuori il suo dalla fondina, lo spogliò dei proiettili e lo mise nelle mani tremanti di Bud, che con rabbia portò la canna alla bocca come se era la bottiglia più gustosa.

Da quel giorno, il giocattolo preferito per zittirlo quando catturava un cane era il revolver. Nonno Kelly, trasformato nella sua governante, lo tenne tra le mani, facendo clic sul grilletto per distrarre il ragazzo, e quando Bud iniziò a camminare, gli trovò una vecchia rivoltella, legò una corda all'attaccante e Bud lo trascinò con sé. attraverso le stanze del ranch come se fosse un veicolo acquistato nel bazar più lussuoso.

Quando Bud aveva otto anni, suo nonno insistette che era giunto il momento di iniziare l'istruzione primaria del neofita, facendogli provare seriamente il maneggio dell'arma. Il vecchio Kelly, un grande assaggiatore di temperamenti, sosteneva che il sangue di suo nipote era una carica di dinamite con dentro una miccia accesa e, quindi, un uomo di tale temperamento non aveva altro dilemma che imparare a maneggiare il revolver meglio di chiunque altro. o preoccuparsi di acquistare una buona tomba nel cimitero del paese, per occuparla nel momento in cui il suo sangue lo avvertiva che aveva cessato di essere un ragazzo per aspirare a diventare un uomo.

E per fede che il vecchio Kelly aveva ragione. Molto prima che si aspettasse, Bud ebbe la possibilità di mostrare la sua irruenza e di attestare quanto bene avesse messo a frutto le lezioni di suo nonno.

Quando aveva solo dodici anni, un giorno uscì con suo padre per fare un viaggio in un paese vicino chiamato Apex, dove suo padre doveva riscuotere la quantità di alcuni bovini venduti.

Stavano tornando al Grand Canyon all'imbrunire, quando tre fuorilegge, appostati nel terreno accidentato, apparvero improvvisamente sul sentiero, indicando il padre di Bud e disprezzandolo per averlo considerato una creatura con la bottiglia ancora tra i denti; Ma appena fermarono il viandante e cercarono di accerchiarlo per privarlo del denaro, Bud, con la leggerezza che il nonno gli aveva fatto acquisire per maneggiare l'arma, tirò fuori la piccola rivoltella che portava alla cintura , e con due colpi precisi, che vibravano quasi contemporaneamente, abbatterono due dei fuorilegge e quando il terzo, attonito, volle reagire e respingere l'aggressione, un nuovo colpo gli portò una mano e una rivoltella, costringendolo a cadere terrapieno per non subire la sorte dei suoi compagni.

L'impresa si diffuse di bocca in bocca in tutta la regione e Bud iniziò ad essere considerato con rispetto, quando aveva solo l'età per ricevere una sculacciata per le sue buffonate.

La cosa strana era che Bud non era tragicamente elettrizzato dalla sua impresa. Il sangue non sembrò impressionarlo e, quando il nonno lo costrinse a ripetere per l'ennesima volta i dettagli della sua impresa, il ragazzo assicurò molto formalmente:

"Era qualcosa di prezioso, nonno." Voleva davvero provare su qualcuno, perché era già stanco di lanciare alberi e anatre selvatiche. Mi sembra che la prossima volta che sparo di nuovo, sparerò a quel bruto Fred Sanders, che mi ha fatto mordere più volte la terra con i suoi terribili pugni.

Fred Sanders era il figlio del caposquadra del ranch del padre di Bud, un ragazzo alto e tarchiato, della stessa età di Bud e del migliore amico di Bud. Insieme erano cresciuti sciolti nei pascoli, senza temere Dio né il diavolo, e insieme avevano compiuto innumerevoli piccole rapine tipiche della loro età, aiutandosi a vicenda quando qualcuno subiva un disastro.

I due si amavano come fratelli; Ma quando le loro divergenze di opinioni sono esplose, hanno stabilito i criteri con i pugni, e sebbene Bud fosse forte e duro, il suo amico era più abile e ha finito per batterlo.

Quando ciò accadeva e Bud era arrabbiato, ma senza versare una lacrima, sanguinando dalla bocca o dal naso, Fred lo portava in spalla, ignorando i calci dell'amico, trasferendolo al ruscello più vicino, lavandogli le ferite con la cura che Lo farei con un fratellino e poi gli direi:

"Beh, Bud, non portarmi rancore." Lo faccio così perché tu impari a difenderti con i pugni, perché anche i pugni servano a uno scopo. Un giorno potrai conoscermi e quel giorno avrai imparato qualcosa per cui mi dovrai ringraziare.

Ma Bud non ha imparato a battere Fred. Aveva provato i suoi pugni robusti su altri ragazzi più grandi di lui, riuscendo ad applicarli terribilmente; ma quando ricadde con il suo amico, fu fatalmente sconfitto da lui, e il fallimento accese il suo sangue e giurò di vendicarsi ferocemente su di lui.

Nonno Kelly, ha visto se stesso e ha voluto togliersi quell'idea dalla testa. Non avrebbe dovuto farlo con il migliore amico che possedeva, e se Fred era più abile di lui con i pugni, il suo obbligo era imparare a gestirli meglio, a sconfiggerlo nobilmente.

Il successo di quel giorno fu terribile per lui. Incoraggiato da questa dimostrazione di padronanza dell'arma, non esitò a mettersi in mostra come un piccolo pistolero, e quando il bozo iniziò a puntargli sotto il naso e pensò di essere un uomo con il diritto di alternarsi tra veri uomini, lo fece con tale vanteria che più di una volta fu costretto a dover dimostrare che ciò che rilasciava con la lingua lo poteva sostenere con la pistola in mano.

A diciotto anni, e poco prima che suo padre morisse, e nella sua vita si verificasse un crollo che lo fece quasi precipitare in tragedia, sentì dalla valle dire che un terribile sicario chiamato "el Rojo del Colorado", e che lui, usando la sua fama e la sua sicurezza maneggiando il revolver, stava derubando tutti gli industriali del Gran Canyon, vivendo come un re e costringendo i giocatori d'azzardo a dargli un bonus per ogni notte in cui aprivano il gioco. nelle bische.

A Bud non importava se derubava i giocatori d'azzardo. Li odiava, perché aveva il sospetto che una volta gli avessero guadagnato cinquecento dollari con arti brutte, anche se non poteva verificarlo; ma non poteva ammettere che nessuno nella regione osava incutere rispetto con le armi in pugno mentre era lì, e decise di finire il prepotente.

Cercò Fred e semplicemente propose:

"Vuoi che scendiamo al villaggio e finiamo quella "Rossa" vanagloriosa e presuntuosa?

"Beh, ma non pensi che due per uno sarà un po' codardo?

"No. Ti proporremo una cosa. Ti diamo cinque minuti per andare a cavallo e uscire dalla città. Se non voglio, lascia che scelga tra te che lo prendi a pugni o io che sparo. Forse ti disprezza, ma mi accetta, e poi...

"Beh, accettato." Che tu scelga; Ma se ti uccide, dimmi che lo trasformerò in poltiglia più tardi.

"Sembra giusto. Farò lo stesso con lui se ti batte per primo.

Quella notte sono apparsi a "El Gallo Verde", dove il bullo si è fermato più spesso, e quando lo hanno scoperto al tavolo di un Faraone, osservando la partita, Bud gli si è avvicinato, gli ha lasciato cadere una mano sulla spalla e senza ulteriori preamboli ha detto:

"Ascolta, amico; questo "questo era Fred" e me, ci dà molto fastidio che qui, dove siamo nati, non ci sia nessuno che si dichiari più forte e abile di noi. Dicono che ti vanti di avere pugni di ferro e agilità di mani, alla guida della "Co1t", che non c'è nessuno uguale a te. Bene, eccoci pronti a mostrarti il tuo errore, e non ti diamo di scegliere più di due strade: o tu combatti con i pugni, o sparami, o hai cinque minuti per lasciare la città e dimenticare il percorso dove puoi tornare ad esso.

Il pistolero li guardava sorridendo, molto divertito, considerandoli due ragazzi imberbi, incoscienti e vanagloriosi; ma poiché la sfida era stata formale e davanti a tante persone ha risposto con ironia:

"Non sono abituato a sculacciare i bambini, perché non l'ho mai considerata una cosa da uomini;" Ma quando i bambini insistono per essere sculacciati, devono essere contenti. Prima darò un bel pugno a questo monello che si vanta, e poi ti metterò due proiettili nelle costole così dovrai grattarti per un po'.

"Beh, rimani con il piano." Ora, dicci se preferisci le viole per la tua tomba o sei più appassionato di sempreverdi. Abbiamo l'abitudine di dare una corona a tutti coloro a cui diamo il riposo eterno, e tu non sarai l'eccezione.

Il bandito scoppiò a ridere e disse:

"Non voglio rovinarvi ragazzi." Con un bel mazzo di cardi, ne avrò in abbondanza.

"Ottimo. Bene, sarai contento.

La folla, che conosceva bene Bud e Fred, era entusiasta di questo evento. Solo quella coppia di pazzi poteva liberarli senza esporsi, da parte loro, dalle rapine del sicario, e attendevano lo scontro con aspettativa, ritenendo entrambi degni rivali.

Fred si tolse la giacca di pelle e il panciotto, rimboccandosi le maniche della camicia per rivelare due braccia non molto grosse, ma con muscoli terribilmente coltivati, e rivolgendosi al "Rosso", che stava procedendo con la stessa operazione. , Egli ha detto:

"Quando vuoi possiamo iniziare lo spettacolo."

Tutti fissavano le braccia pelose e annerite del fuorilegge, e in fondo non avevano scommesso un dollaro su Fred. Il suo rivale era molto più duro e pesante, e presumevano che lo avrebbe picchiato a morte.

Il combattimento iniziò nella sala giochi della bisca, che era stata sgomberata, lasciando un grande spazio per i contendenti, e loro, in un magnifico combattimento, iniziarono il combattimento che fu duro, spettacolare ed emozionante.

"El Rojo", nonostante la sua forza ei suoi pugni, ricevette terribili carezze da Fred, che lottò con il massimo coraggio; ma sapeva anche infliggere al rivale colpi terribili che gli facevano sembrare il viso un peccato.

Entrambi sanguinavano dalla bocca, dal naso e dalle sopracciglia, nessuno dei due cedeva nella terribile gara; ma è stato osservato che Fred poteva resistere meno del suo nemico resistente e che se il combattimento non fosse stato nullo, si sarebbe appoggiato a favore del sicario.

Così è stato. Quando entrambi erano già sfiniti, "il Rosso" riuscì a piazzare, in una svista, il suo enorme pugno sul mento del rivale, e lui, colto di sorpresa e con le energie spente, rotolò a terra, lasciandolo svenuto. .

Il fuorilegge si lasciò cadere su uno sgabello, sbuffando come un orso, e chiedendo del whisky per raccogliersi, e Bud, che lo stava osservando con calma, si avvicinò a lui, dicendo:

"Suppongo che non sarai in buone condizioni per maneggiare la rivoltella e non voglio che dicano che ne approfitto per ucciderti come un pollo." Gli do tutta la notte per riposare e guarire, e domani, alle dieci, verrò a prenderlo così possiamo finire questa faccenda. Ho deciso che dopo le dieci e cinque non dovresti gettare ombra sulla terra di questa città, e non ti darò un altro minuto.

Il bandito, stressato dal suo trionfo, accettò la tregua e, dopo aver quasi scolato una bottiglia di whisky, si ritirò a riposare.

Bud prese il corpo inanimato del suo amico e lo trasferì al ranch, dove si occupò di rianimarlo, cosa che gli costò molto lavoro, e quando ci riuscì, disse:

"Non eri male, ma la tua tattica era sbagliata." Avresti dovuto fargli lavorare lo stomaco invece di cercare di rompergli i denti. Sono contento che qualcuno ti abbia sculacciato una volta nella vita, ma ti vendicherò. Domani ucciderò quell'idiota millantatore e quando avrai caldo, ti darò un pestaggio più grande di quello che ti ha mai dato per averti lasciato battere.

Il giorno dopo, all'orario stabilito, si è recato a "El Gallo Verde" alla ricerca del sicario, che era venuto all'appuntamento come un vero uomo. Fred era stato ostinato nell'accompagnare il suo amico, perché se fosse caduto come un ariete, era pronto a combattere ancora con l'indesiderabile e paralizzare il suo cuore da battere per vendicare il suo amico Bud.

Lui propose:

"Andiamo in un posto dove non sporchiamo il pavimento con il nostro sangue sporco." A duecento metri di distanza c'è un ottimo campo di erba medica dove possono seppellirci.

Il bandito accettò e andarono al campo. Già lì, un cowboy è stato prestato a fare da padrino.

I concorrenti furono posti a dodici metri, con le braccia penzoloni lungo il corpo, e il giudice si ritirò avvertendo che avrebbe dato uno schiaffo preventivo e un altro per affrettarsi a sparare.

Bud, sereno come se assistesse a un rodeo, aveva gli occhi fissi su quelli di "Red", che non sembrava molto calmo davanti alla calma di quel ragazzo quasi imberbe, che sembrava aver giudicato con troppa leggerezza, e quando vibrava il primo schiaffo, entrambi irrigiditi con l'orecchio attento al finale.

Quando vibrava come un colpo di cannone, la mano destra di Bud si muoveva in modo improbabile. Nessuno dei presenti al duello si accorse di come fosse arrivato al calcio della rivoltella e di come avesse sparato; ma il fatto era che, quando "Red" aveva estratto per metà dalla fondina la sua enorme "Colt", aveva ricevuto un colpo in mezzo al cuore che lo aveva privato di portare a termine il suo tentativo.

"Il Rosso" cadde a terra sull'erba medica, affondandoci la faccia, e Bud si voltò con calma verso Fred, dicendo:

"Vediamo quando impari a sparare così." Sei un asino che gestisce il "Col", e penso che tu stia anche muovendo i pugni.

"Beh," disse Fred con calma. Quando guarirò te lo mostrerò nella tua stessa carne.

Quel pomeriggio il fuorilegge fu seppellito e Bud, assecondando la sua offerta, recitò una preghiera per l'anima del morto e depose il fascio di cardi sulla sua tomba.

Nonostante questo desiderio di lotta e sangue, Bud non era né un ragazzo indurito né un sadico. Aveva un cuore d'oro ed era splendido fino alla sazietà, e solo quando arrivava al registro della sua autostima nel maneggiare l'arma, diventava una bestia e non riconosceva amici o nemici.

Le sue imprese gli avevano causato molto dispiacere, e il giovane, rendendosi conto che la città non era un grande campo di sperimentazione per le sue capacità distruttive, desiderava ardentemente uscirne e viaggiare in Occidente, per, senza impedimenti o restrizioni, mettersi in effetto il suo desiderio di Combattere; ma l'opposizione di suo padre fu feroce e Bud fu costretto a soddisfare l'autore dei suoi giorni, che amava follemente.

Ma poco dopo, il vecchio Jim morì inaspettatamente, e Bud, invece di mettere nella fondina la "Colt" e prendersi cura della sua proprietà, gli venne in mente che questo era il momento giusto per compiacere i suoi amici. entusiasmo e, senza previa consultazione con nessuno, ha venduto il ranch e ha deciso di andarsene a caso.

Il giorno in cui si stava preparando a volare, cercò il suo fedele amico Fred e disse:

"Ebbene, uccello senza ali, ecco che ti lascio a marcire tra questa valle e quelle pareti calcaree del Colorado." Correrò il mondo e darò piacere al dito. Spero che quando tornerò, se torno, i tuoi pugni non si siano callosi per non usarli più.

Fred ha giurato con rabbia:

"Non prenderlo in giro, accidenti alla tua figura! Ne approfitti per divertirti, perché tu hai i soldi per permetterti quel lusso e io no. Se avessi i dollari che hai in tasca, non me lo diresti.

Bud lo scosse per la spalla, urlando:

"Sporco coyote! ... Che dici? Sono solo i soldi che ti legano qui? Per cosa ce l'ho allora? Non mascherare la tua codardia con sotterfugi. Se quello che dici è vero, prepara la tua attrezzatura e seguimi! Finché avrò un dollaro in tasca, apparterrà a entrambi.

Fred non si costrinse a ripetere l'ordine. Tornò a casa, fece le valigie, aggiustarono il cavallo e quella notte, furtivamente per non destare i sospetti di suo padre, che era rimasto caposquadra del ranch di Bud con i suoi nuovi proprietari, si diressero a ovest per entrare in California.

Furono tre anni meravigliosi di vita selvaggia e litigiosa in Utah, Nevada, Arizona e California. Spendendo il ricavato della vendita del ranch, senza alcuna preoccupazione, girarono le parti più dure dell'Occidente, sempre tra gente ruvida e di mano leggera, e sebbene si fossero occupati di molti atti gloriosi e trionfali, più di una volta servivano da campo di sperimentazione per i "medici" antiquati locali, che provavano su di loro nuove procedure per cure selvagge, senza che il diavolo potesse portare ai loro domini quella famosa coppia di combattenti che combatteva solo per il piacere di combattere e per mantenere la loro vanità di uomini tesi abili nel combattimento.

Ma un giorno, con tante emozioni sofferte e qualche grammo di piombo dentro la pelle, si accorsero che il denaro stava per finire, e poiché avevano saziato la loro voglia di libertà e di risse, studiarono per la prima volta la situazione con calma e Decisero che il modo migliore era tornare alla casa perduta.

Bud non si rendeva conto di non avere più una casa nel Grand Canyon. L'aveva venduta e tagliata in quei tre anni di vita selvaggia, e tutto quello che stava per trovare erano molti ricordi, alcuni piacevoli e altri dolorosi, ma niente di più.

Invece, Fred aveva suo padre. Questo era stato costretto a lasciare l'incarico a causa di un incidente subito in un rodeo che gli aveva ferito un piede, ma i suoi datori di lavoro gli avevano assegnato una piccola pensione con la quale difficilmente poteva vivere.

Quando entrarono in città, la gente si era quasi dimenticata di loro. Molti cowboy erano nuovi e conoscevano Bud solo di nome; Altri avevano cancellato dalla loro memoria le gesta del Germoglio imberbe, ormai uomo indurito, duro, più robusto e più attraente di quando se ne era andato, e nessuno badava a colui che tornava con la corona del vincitore, sebbene questa corona se mi sarei stancato durante il viaggio.

Il padre di Fred li accolse a braccia aperte, perdonando la fuga del figliol prodigo e, dopo il momento, si mise a indagare sui loro piani.

"Vengo al lavoro, padre," disse Fred. Non ho più niente da vedere in Occidente e tu hai bisogno del mio aiuto. Trovami un ranch e lì sarò una pedina utile e dura.

"Molto bene, forse posso ottenerlo." E tu, Bud, che piano hai in mente?

"Che il diavolo mi prenda se lo so", disse il cameriere. Sono venuto d'impulso che non mi sono fermato a esaminare. Ora... Certo, senza soldi, non ho altra scelta che lavorare.

"Riguardo a cosa?

"Cosa diavolo sarà? So qualcos'altro oltre a maneggiare il bestiame?

"Suppongo di no, ma... non ti sentirai denigrato lavorando dove dovresti essere un vero maestro?"

"Al diavolo l'orgoglio di ciò che non puoi avere! Ero quello che ero e sarò quello che dovrei essere. Cercherò di trovare un lavoro come caposquadra se vogliono darmelo e pensano che io sia bravo e poi... Dio lo dirà.

"Ascoltami, Bud," lo interruppe il padre di Fred. Non ti sentiresti denigrato accettando la posizione che ho dovuto lasciare in quello che era il tuo ranch?

"Perché dovrei sentirmi denigrato?

"Perché sarebbe doloroso per te entrare per essere mandato dove dovresti mandare.

"Bah! Sono un uomo di ogni momento. Ho fatto quello che ho fatto convinto dei suoi risultati e non mi appesantisce. Ora so che non posso essere più di un cowboy e lo accetterò senza riserve. Se è in quel ranch, tanto meglio. Ho affetto per lui e quell'affetto mi farà lavorare di più per difenderlo.

"In tal caso penso di poterlo aggiustare, a meno che Lou Big, il suo attuale proprietario, non si opponga." Come risultato del mio incidente, ha nominato Rex Milton come caposquadra, poiché è il lavoratore più anziano, ma Rex è lontano dalla posizione. Lou sta cercando un caposquadra duro e autorevole che conosca il suo mestiere e che non ti disdegni.

"Beh, puoi parlare con Mr. Big, se lo ritieni opportuno; ma ben inteso che non accetterò la posizione se tuo figlio Fred non entra come pedina. Voglio avere questo dannato culo sotto il mio controllo, perché è un cowboy inutile che non sa maneggiare un brutto lazo e ha ancora bisogno di una gonna e di un'infermiera.

Fred si mosse, urlando:

"Stai zitto, fottuto pistolero, o ti picchio!

"Era di questo che dovevamo parlare". Non vantarti perché mi hai battuto molte volte. Voglio solo averti sotto il mio comando ora, così ho la possibilità di sculacciarti tutte le volte che mi insubordinato.

"Discuteremo a pugni, e temo che Mr. Big dovrà trovare un sostituto caposquadra per quando sarai a letto con il naso gonfio."

"Beh, accetto la sfida." E ora puoi muoverti come vuoi per ottenerlo.

E il vecchio Sanders l'ha fatto. Big non riteneva una cosa negativa avere qualcuno che conosceva il ranch a memoria come caposquadra, e il giorno dopo lo ammise, affidandogli il lavoro davanti a tutta la squadra, di cui Fred entrò a far parte.

Bud è stato schietto nel salutare. C'erano ancora alcuni peoni che lavoravano sotto di lui quando era il proprietario e ha promesso di trattare tutti come un partner, ma chiedendo un ritorno come avrebbe chiesto se avesse continuato a essere il proprietario della hacienda.

E così Bud, dopo quell'odissea di tre anni, è tornato nella casa perduta, anche se ora era una casa presa in prestito.

CAPITOLO II

BUD CAMMINA TROPPO VELOCE

Per Bud fu più forte di quanto avesse immaginato il suo rientro nel ranch. Due emozioni diverse e inaspettate si scontrarono in lui, producendo un disturbo emotivo che impiegò molto tempo a digerire.

Il primo è stato quello di rievocare un intero passato che il dinamismo della sua vita movimentata aveva spazzato via dalla sua immaginazione, lasciando solo un leggero ricordo che a volte svaniva come un sogno impreciso che non può essere ricordato per quanti sforzi siano stati fatti.

Quelle mura gli raccontavano della sua infanzia felice, scossa dal nonno Kelly, che trascinava sempre il revolver come se gli fosse attaccato; della sua defunta madre, quando aveva appena sette anni, colei che lo aveva amato come un essere supremo e che aveva sofferto seri dubbi e profonde preoccupazioni nel conoscere una polvere pronta ad esplodere per niente, e, infine, della sua padre, severo, ma dolce e affettuoso, duro nell'adempimento del dovere, morbido quando l'affetto traboccava e si sentiva rinascere in lui per il futuro quando lo vedeva, ormai quasi un uomo, forte e alto, coraggioso e grintoso, consapevole di il suo lavoro e la promessa di una vita di continuazione della corsa.

Poi... si ricordò dell'ultima notte con lei; quando morì per un capriccio del destino, giaceva sul letto bianco con il viso olivastro vestito di una patina d'avorio; i baffi flosci che gli ricadono sulle labbra esangui e le mani sottili e callose incrociate sul ventre, come se volesse trattenere l'ultimo dolore che lo aveva tolto al mondo prima di godere del diritto che gli dava un'epoca di supremi fatiche di lavoro.

Forse questo era stato uno dei motivi che aveva spinto Bud a sbarazzarsi del ranch ea fuggire dall'ambiente in cui erano successe così tante cose e in cui poteva accadere così poco. Ora sembrava rendersene conto e provava un'amarezza nascosta per essere tornato a ricordare qualcosa che aveva sepolto così male, che ora riaffiorava con più amarezza e dolore di quando erano morti.

D'altra parte, ha trovato l'interno del ranch cambiato. Ogni proprietario ha i suoi gusti, e quindi, quello attuale, è molto diverso dal precedente, forse perché gli anni cambiano abitudini e gusti, come cambia la fisionomia delle persone.

Tuttavia, notò qualcosa di molto sottile in questo cambiamento che non lo rese risentito, ma piuttosto strano. Non riusciva a definire bene cosa fosse; Ma lo trovava più allegro, forse più bianco, con dettagli raffinati che non avesse mai visto prima, e questi dettagli, di spiritualità femminile, la riportarono al ricordo di sua madre, quando era la mano saggia e gentile che si prendeva cura del decorazione insignificante della casa, in contrasto con la maleducazione dei suoi abitanti.

Questo dettaglio lo legava a quell'altra nuova emozione che aveva provato quando era tornato al ranch, e questa emozione aveva ventun anni, scuro, con profondi occhi neri, vita fine e ondeggiante, galanteria nel camminare e persuasione ed energia nel la voce. Si chiamava Nancy ed era la figlia del nuovo proprietario, Lou Big.

Nella vita movimentata di Bud, le donne non avevano altro significato che incidenti fortuiti facilmente dimenticabili. Nessuno aveva attraversato il suo cammino con forza incantevole, e tutti erano passatempi minori nei suoi inquieti viaggi attraverso l'Occidente. Se i marinai potevano vantarsi di aver lasciato "un amore in ogni porto", potrebbe parodiarli affermando che in ogni villaggio aveva lasciato qualche ora d'amore; ma la mattina dopo la distanza e la polvere delle strade li avevano cancellati.

Ma ora, nel gettare l'ancora definitiva della nave della sua esistenza, di fronte a un unico panorama che non poteva mutare o cancellare dalla sua retina l'impressione delle cose viste, la figura di Nancy, con la sua personalità accusata e la sua irresistibile attrazione . Era come una punizione per la sua frivolezza; qualcosa che lo punì a riconcentrare in un'ora ciò che aveva sparso in tutti per un futuro martirio che Dio avrebbe saputo come avrebbe potuto sopportare, e questa considerazione gli fece pentire di essere tornato e, soprattutto, di aver accettato di rientrare quella casa, dove ora si vedeva come si poteva contemplare in uno specchio esotico dove le figure erano proiettate in senso contrario alla realtà.

Per un momento pensò di prendere il suo cavallo e di andarsene senza ulteriori indugi. Il suo carattere era quello; ma c'era in lui lo sfondo di un uomo orgoglioso che non ammetteva la sconfitta senza un precedente combattimento.

Se avesse voluto essere il primo dominatore della "Colt" in tutto il Colorado e ci fosse riuscito, perché non avrebbe dovuto realizzare altre cose come o più difficili di questa?

Non presentare una battaglia all'amore, come alla morte, sarebbe rinunciare ad essere quello che era, e piuttosto che rinunciarvi preferì vedersi nel cimitero accanto alla tomba del padre, con un mazzo di fiori sulla lastra e rivolto al sole. , o alle nuvole.

D'altra parte, chi potrebbe essere contrario a provarci? Nessuno, tranne quello interessato, e anche questo potrebbe essere battuto. Nancy era single, e mentre lo era, non aveva perso nulla per tentare la sua conquista.

È vero che si era reso conto che quel vanitoso Laurence Raft, presunto erede del ranch "Caja Bonita", una proprietà che aveva più tradizione nella regione che un valore positivo, ma non era un ostacolo che dava fastidio a Bud. . Potrebbe essere eliminato in molti modi, sia conquistando l'amore di Nancy per sempre, o sfigurandole il viso con i pugni, o mettendo un paio di colpi tra le due sopracciglia per allontanarlo dall'idea di sposare la ragazza. bella ranchera.

E poiché Bud era un uomo nato per combattere e ciò che gli piaceva di meno era l'inattività, decise di restare e dedicare tutte le sue energie a due cose: guadagnarsi la fiducia e la stima del suo datore di lavoro, dimostrandogli che era l'uomo ideale per diventare . l'incarico della hacienda in un futuro più o meno lontano, e di far innamorare Nancy, che era, in definitiva, quella che doveva avere l'ultima parola in questa faccenda.

E poiché Bud era tutto testardo quando lo proponeva, il suo lavoro di cattura è iniziato lo stesso giorno in cui ha studiato a fondo la sua situazione, proponendosi di svolgere le giornate in doppia marcia.

Presto il vecchio Big capì che l'acquisizione che aveva fatto ammettendo Bud come caposquadra non era stata un mito. Il giovane non solo faceva miracoli nei pascoli e rodei con il bestiame, ma si offriva anche nelle ore libere per aiutarlo a portare i libri, dargli consigli sui mercati che conosceva molto bene e sulla vendita degli hatajos, e questo Il suo lavoro ha avuto una ricompensa: Big ha riposto in lui la sua completa fiducia e non solo ha migliorato il suo stipendio, ma gli ha anche conferito lo status di uomo nella privacy della sua casa piuttosto che di un lavoratore dipendente della stessa.

Quando le circostanze lo permettevano, Bud dedicò le sue attenzioni a Nancy; a volte era portandole vere montagne di fiori di campagna, che le piacevano molto; altri l'aiutavano a sistemare gli infiniti vasi che aveva installato sulla ringhiera del ballatoio superiore; alcuni, insegnandole trucchi di guida che la ragazza non conosceva, e tutto questo sempre accompagnato dai loro sorrisi più squisiti, frasi molto rispettose e gesti eleganti e sobri.

Questo lavoro di reclutamento lo aveva fatto allontanare un po' dalla compagnia del suo inseparabile Fred. Molti sabati rinunciava a scendere al villaggio per divertirsi come faceva la squadra, adducendo pretesti diversi, ea volte era perché aveva promesso alla signorina Nancy di accompagnarla a rubare il miele dai favi; altri, perché stavano per testare la velocità di un nuovo jackfruit e altri... senza dare spiegazioni specifiche. Un giorno Fred, annoiato, lo rimproverò:

"Ehi, piccolo cucciolo di un anno, cosa ne pensi del mio fisico?"

"Ph! Non male. Li conosco un po' più brutti.

"Pensi che se mi dipingessi la carnagione e mi mettessi delle belle gonne, ti farei prestare un po' più di attenzione?

"A che diavolo arriva questa domanda?

"Perché non hai più tempo né occhi se non per la signorina Nancy e il resto per te non conta al mondo."

Bud ha cercato di controllare il suo rossore alla scoperta del suo amico e ha urlato:

"Non essere sciocco, Fred! Confondi la galanteria per le corna dei piccoli di un anno.

"E uno con sei anni per allontanarti da me! Fred aggiunse maliziosamente. Hai il tuo cervello inghiottito da quel bocciolo e stai per ottenere la delusione numero uno della tua vita. Sei troppo alto per la tua taglia.

"Perché? Bud ruggì, fuori di sé.

"Perché né padre né figlia ti vorranno mai come marito." Ce ne sono di più belli e con più soldi.

Bud, impetuoso, avanzò verso l'amico e scuotendolo gridò:

"Ripetilo e ti darò un pugno in faccia!

«Be', si è ripetuto, e ora prova a vedere se riesci a portare a termine la tua minaccia.

Bud si lanciò su Fred, mandandogli un colpo diretto che gli avrebbe spazzato via la mascella se lo avesse preso completamente, e Fred scattò all'indietro, applicandone uno al petto che lo fece ruggire indietro come una tigre.

Per lungo tempo dibatté furiosamente di voler picchiare inutilmente la faccia dell'amico, ricevendo in cambio da lui diverse carezze che gli facevano combaciare con rabbia, finché si rese conto che se avesse insistito gli avrebbe sfigurato il viso, cosa che gli avrebbe fatto Sorridi. a Nancy, smise di dire:

"Va bene. Non sono in forma oggi. Un altro giorno sarà.

"No, se sei in forma, quello che ti succede è che non vuoi che ti indichi la faccia e che lei rida quando conosce le botte che ti ho dato." Sì, ti conoscerò bene!

Bud, stringendo i denti, confessò:

"Va bene. Hai ragione. Ma un giorno verrò pagato. Inoltre, tu sei quello che ha meno diritto di prendermi in giro.

"Chi ti prende in giro, pezzo di merda? Quello che faccio è avvisarti di ciò che può accaderti.

""Perché? Non sono un uomo come chiunque altro?

"Ma un uomo ha solo un tasso basso." Prendiamo invece, ad esempio, Laurence Raft; Ha più valore.

"Cosa proponi? Gemma ruggì. Cosa cercarlo e mettergli due pallottole in bocca per inacidire quello stupido sorriso che ha?

"Dio ti salvi dal farlo." Allora si risentirebbe di te e il percorso intrapreso sarebbe inutile.

Bud era tormentato dai commenti pessimistici del suo amico. Non aveva mai ceduto terreno a nessun uomo in nessun aspetto della vita e non aveva intenzione di cedere terreno a Laurence adesso, proprio sul problema più vitale che si era presentato al suo cuore.

Bud ponderò la situazione e credette di aver guadagnato la sua strada nell'amore della giovane donna. Nancy era contenta di lui e cercava la sua compagnia con un certo interesse, che non passava inosservato.

In più di un'occasione aveva rimandato l'orgoglioso allevatore per aver fatto qualche capriccio insieme a Bud, che riconosceva come più virile, più aggressivo, più fine nei suoi rapporti, e questi dettagli non solo lusingavano Bud, ma gli davano anche illusioni per il futuro.

Ma a parte questi caldi momenti di sentimentalismo e serenità, il giovane era ancora l'uomo impetuoso e terribile che era sempre stato.

Nella squadra c'erano elementi che erano entrati nel Grand Canyon dopo la loro marcia e uno di loro, un californiano alto e forte come una quercia, che si vantava di essere un uomo duro e rissoso e che aveva già provocato innumerevoli risse in città.

Scott, che si chiamava il peone, si distingueva più per il suo carattere provocatorio che per il suo amore per il lavoro, e Bud, che non ammetteva maleducazione dov'era, lo prese per il fazzoletto che portava al collo, in occasione di sorprendendolo mentre vagava per i pascoli, e disse, senza turbarsi:

"Scott, ti ho detto più volte che vieni qui solo per lavorare." Per contemplare il paesaggio, vai al Grand Canyon, che li ha bellissimi, e non rubi i soldi della gente impunemente.

Scott ha trovato il rimprovero troppo forte, soprattutto davanti ai suoi compagni di squadra, e, incoraggiandosi, ha risposto:

"Ehi, Bud, penso che tu ti stia mettendo in mostra molto e io non sono un uomo da sopportare le minacce di nessuno."

Bud non si degnò di rispondere; Lo prese per la vita con la mano destra, senza lasciare il fazzoletto sinistro, lo sollevò in aria e con una meravigliosa raffica lo lanciò nello spazio per terminare l'inatteso viaggio aereo a capofitto in uno degli stagni dove abbeverava il bestiame .

Un coro di fragorose risate accolse l'impresa, e quando il peone umiliato, grondante e pieno di limo, riuscì a scendere sulla terraferma, gli si avvicinò dicendo:

"E ora lo farò più secco dello sparto al sole, con i pugni.

Sapeva applicare meravigliosamente le lezioni che aveva ricevuto da Fred sul viso e sul corpo dell'operaio, che dopo dieci minuti lasciò tra le braccia dei compagni, perché potessero tentare il difficile compito di fargli capire che era ancora nel mondo dei vivi.

L'impresa è stata testimoniata da Big, sua figlia e Laurence Raft, che quella mattina erano usciti con il padre e la figlia al villaggio. Big, amante della disciplina e amante del suo rozzo caposquadra, non rivelò l'impressione che l'evento gli aveva prodotto; Nancy era piuttosto commossa dall'aggressività e dalla galanteria dell'impetuoso caposquadra, e Laurence, che si vantava di essere un uomo duro e che amava vantarsene, guardò dall'alto del cavallo Bud, che fu terribilmente seccato quando lo scoprì vicino alla giovane donna. , e ha commentato sprezzante:

"Se tu fossi stato il caposquadra del mio ranch, non avresti permesso che i miei peoni fossero trattati così." I pascoli non sono una bisca dove i litigi sono giustificati.

Bud si mosse con rabbia, urlando:

"Ehi, Laurence, perché non ti occupi delle cose che ti riguardano e lasci le cose che non ti interessano?" Se a te piace combattere nelle bische, io no; ma devo farlo dove trovo un uomo che mi infastidisce, e tu mi dai fastidio da molto tempo.

Lorenzo, vedendosi così sfidato davanti alla ragazza, sentì che doveva mettersi in mostra in sua presenza punendo quell'essere inferiore, che odiava anche perché era così ossequioso a Nancy, e con un balzo impetuoso si staccò dal cavallo , cercando di cadere su Bud. per sorprenderti in autunno; ma quello, che aspettava l'attacco, allungò le braccia, lo afferrò nella caduta, e prima che potesse girarsi lo aveva mandato in piscina, come aveva mandato Scott.

La postura che doveva aver assunto quando cadeva era senza dubbio così stravagante che Nancy, nonostante la drammaticità della situazione, non riuscì a contenere una forte risata che vibrava come una campana d'argento.

Bud fu intimamente lusingato di sentirla ridere, e mentre si avvicinava allo stagno, aspettò che Raft uscisse dal fango e quando lo fece, lo affrontò dicendo:

"E ora sono pronto a darti tutte le spiegazioni che vuoi e nel campo che preferisci."

Grosso, spaventato, intervenne per dire:

"Smettila, Bud! Hai superato le tue azioni. Il signor Raft è nostro ospite e non posso tollerare un trattamento del genere.

"Né posso tollerare che qualcuno al di fuori del ranch censuri i miei metodi per tenere i bei bambini che sono pagati, non lavorano e mi minacci." Non credo che tu mi paghi per questo.

"Ovviamente no. Ad ogni modo, vi prego tutti di dare per scontato questo spiacevole incidente. Andiamo, Raft, per favore. Di sopra al ranch, puoi cambiarti i vestiti.

Zattera, a denti stretti, mormorò:

"Sistemeremo la cosa un giorno, Bud." Non sono un uomo che lascia le bollette non pagate.

"Te lo pagherò in entrata quando lo riscuoterò", disse semplicemente Bud.

La situazione creata da questi incidenti ha spaventato un po' Big. Il suo caposquadra era un uomo ideale, ma il suo carattere minacciava di creare seri conflitti per lei, soprattutto mediando ciò che ora mediava tra lui e Raft. Giorni dopo, quando arrivò il sabato, Bud non voleva lasciare il ranch, e la domenica, solo e annoiato nel capannone, disegnò la sua vecchia chitarra messicana che non disegnava da molto tempo, e si sedette su una panchina nel patio, si dedicò a premerlo, cantando vecchie canzoni d'aria spagnole, che aveva imparato nei suoi vagabondaggi in occidente.

Bud aveva un'eccellente voce baritonale e molto gusto e sentimento nel cantare, e così, dominato quel giorno da una malinconia che non riusciva a capire da dove provenisse, si dedicò ad improvvisare canzoni su vecchi temi musicali ispanici, che erano sempre finalizzato a cantare una canzone. amore silenzioso e impossibile.

Una volta alzò gli occhi alla ringhiera dove Nancy si chinava per guardare i tramonti, e con gli occhi socchiusi, cantò:

Ho i cardi in fiamme

nel mio cuore;

i tuoi occhi li hanno catturati

brutalmente e senza compassione.

E anche se alla fine, nel mio petto

rimane solo,

ti prego di abbracciarmi

con il bagliore dei tuoi occhi.

Rancherita! ... Rancherita!

Guardami per compassione

finché non rimane più niente

del mio povero cuore! ...

L'ultima strofa gli morì in gola in un tremolo eccitato, e quando meno se lo aspettava, la voce fresca e armoniosa di Nancy, un po' troppo eccitata, esclamò dalla ringhiera:

«Bellissimo distico, signor Raines! Non ti conoscevo così sentimentale e con una voce così bella!

Bud, come uno scolaretto colto nel buio, arrossì fino al bianco degli occhi quando fu sorpreso in quell'atto intimo dei suoi sentimenti nascosti, e balbettò:

"Oh, scusami, non sapevo che fossi lì!"

"E questo ha a che fare? Mi sono piaciute molto le sue canzoni. Suoni molto bene la chitarra e canti meglio.

"Grazie mille, signorina Nancy." lo coltivo poco. A volte, quando sono un po' triste, vado in giro...

Si staccò dalla ringhiera e scese nel patio bagnata da un riflesso della luna che colorava d'argento la rigogliosa vite che abbracciava il portico.

Nancy era meravigliosamente bella, con una veste a fiori, i capelli sciolti e la scollatura bianca e tornita evidenziata dall'azzurro del tessuto. Bud quasi svenne mentre la guardava muoversi verso di lui in quel momento sentimentale della sua vita.

Nancy si avvicinò a lui e allungando il braccio d'ebano prese la chitarra, che Bud le porse con tremiti di angoscia. La ragazza ha appoggiato il piede sinistro sulla panca di pietra, esponendo la sua bella gamba, ha sistemato la chitarra in grembo e dopo aver controllato il temperamento delle corde, ha strimpellato una canzone messicana con grande grazia e stile.

Infine, a voce bassa, ma con un timbro che era un complimento e un incoraggiamento, cantò:

 Manito, non disperare,

che l'amore è una stella;

colui che vuole raggiungerla

lo salirà.

 Quindi, offrì la chitarra a Bud, dicendo:

"Un giorno dovrò chiederti di cantare per me."

Lui, stimolato dal distico, credendo che fosse come una promessa nascosta, le si avvicinò chiedendole a bassa voce:

"Credi nel senso di quel distico?

Lo fissò nell'oscurità argentea che lo avvolgeva, ei suoi occhi ardevano come due carboni accesi d'oro.

"Perchè no? Lui ha risposto. Tutti i versi hanno un significato nella vita.

"Sì, come tutte le cose tendono ad avere una barriera difficile da saltare. Chi può raggiungere una stella?

"Chi ha la volontà, la determinazione e lo spirito per farlo." Puoi arrivare in paradiso con il tuo pensiero e la tua anima. Ci sono cose che non sono tangibili per la mano, ma per lo spirito.

"E la carne non conta? Siamo umani e discutiamo sulla terra. Tutto ciò che non ne deriva e può soddisfarci corporalmente non placa le nostre preoccupazioni.

"Allora devi smettere di desiderare che le stelle desiderino qualcosa di più banale nella vita."

"Perché? È prosaico desiderare l'amore di una donna?

"Il suo amore, no." Il tuo amore può essere come una stella pura e splendente; ma c'è chi è cieco e smette di vedere la stella per vedere solo la busta.

"Questo è lasciato agli spiriti maleducati." Sono un uomo rude e violento in una certa misura. Ho dovuto lottare contro il materialismo della vita, perché la vita qui impone rudezza e violenza; ma, proprio per contrasto, ho sempre desiderato la spiritualità di qualcosa che serva da rifugio all'anima indurita e quel rifugio si trova solo in una donna.

"Quanti hai trovato che te l'hanno offerta e l'hanno disprezzata?

"Nessuna. Molte donne hanno marciato sul mio cammino. Tutti avevano permesso al fango di impossessarsi delle pure acque della loro anima. La mia non riusciva a fare il bagno in uno stagno quando cercava di uscire dal proprio.

"Allora consolati." Un giorno lo troverai.

"E se l'ho trovato e davanti c'è un muro che mi impedisce di raggiungerlo?

Nancy lo guardò stranamente per un momento e rispose:

"Non sei un uomo coraggioso e rischioso, per il quale non ci sono ostacoli? Bene, saltalo.

Bud si sentì dentro come se un coltello gli fosse stato trafitto, spronando il suo sangue caldo e infuocato. Guardò per un attimo Nancy, che gli stava davanti bella, seducente, provocante, e, non riuscendo a contenere lo slancio che lo spingeva in avanti, si gettò su di lei, l'afferrò per la vita e con un movimento febbrile cercò la sua bocca da timbrare. in lei un bacio che era come l'abbandono totale della sua anima che si consumava d'amore. Nancy iniziò un istintivo movimento all'indietro, come se cercasse di evitare l'oltraggio; ma non poteva e le sue labbra rosse e calde sentirono il fuoco divorante di quel bacio.

Improvvisamente, una voce aspra e aspra ruppe il fascino del momento sublime, affermando con rabbia:

"Mascalzone! ... Mi dirai dell'oltraggio che hai commesso con Miss Big!

Bud liberò bruscamente la giovane donna, che si ritrasse alla voce minacciosa, e si trovò faccia a faccia con Laurence, che, con la mano sul calcio della rivoltella, lo colpì con gli occhi, nei quali ardeva. la fiamma dell'odio più concentrato.

Bud si irrigidì. Si era tolto la cintura e non portava armi.

Tendendo i muscoli, rispose:

"Come vuoi che risponda alla tua sfida se tu hai armi e io no?

"Naturalmente, per insultare una donna non erano precisi; per combattere un uomo è meglio non indossarli e così la paura è meglio nascosta.

Bud stava tremando di rabbia quando sentì quelle frasi. Nessun uomo si era mai permesso di lanciare un insulto simile e molto altro davanti a una donna come quella che per lui era tutto nella vita.

Avanzando intrepidamente, rispose:

"Sparare! Spara ora e uccidimi codardo se è questo che intendi, o lasciami combattere con le tue stesse armi! Ho il revolver nel capannone.

Lorenzo, che non era un vigliacco anche se era uno sciocco, si slacciò la cintura, la gettò in un angolo e disse:

"Io non sono un assassino." Sono più nobile di te, perché non oltraggio una donna e non combatto gli uomini faccia a faccia. L'altro giorno mi hai perfidamente gettato nello stagno. Vediamo se adesso, senza vantaggi, riesce a battermi come allora.

Bud vide il cielo aperto con quell'offerta. Odiava Laurence, ma non aveva altra scelta che ammirare la sua onestà e si prefisse di combatterlo nobilmente.

"Grazie", disse. Altrimenti l'avrei ucciso. Da questo mi accontenterò di applicare una punizione severa. Entrambi stavano di guardia e si studiavano, pronti a combattere brutalmente e fino all'ultimo limite. Stavano fissando la donna che era tutto nella loro vita, e anche se non sapevano da chi sarebbe stata decisa, erano disposti a fare tutto il possibile per far pendere la bilancia a loro favore.

Laurence era più alto e più pesante di Bud, ma Bud possedeva un'agilità tremenda, una durezza altamente coltivata e una rabbia che superava quella del suo nemico.

Fu Laurence, il più arrabbiato e nervoso, a iniziare l'attacco, e Bud si rese presto conto di non essere un nemico spregevole. Conosceva molte regole della boxe e non era un compito facile sorprenderlo.

Ma aveva anche imparato tante cose da Fred, che a costo di costringerlo a prendere colpi durissimi, gli aveva insegnato trucchi e regole che non poteva dimenticare, e così, schivando il duro assalto del rivale, si voltò rapidamente lui per stancarlo e per abbattere con fatica la durezza dei suoi colpi.

Laurence fu il primo a far sentire la durezza del suo pugno. Con uno sguardo sfiorò la fronte di Bud, che pensò di essere stato colpito da un pezzo di roccia, ma riuscì a schivare l'intera oscillazione e fuggire con quella mezza carezza.

Ben presto poté vedere che, da lontano, Laurence era un terribile avversario, la cui guardia era difficile da spezzare. Sempre con le braccia a livello del viso, si copriva il mento e di tanto in tanto allungava, come una molla, il braccio destro, cercando il volto del suo nemico, che doveva evitare colpi con un duro gioco di vita o con felino salta, senza poter toccare il suo avversario.

Questo lo fece infuriare. Ricordò la tattica di Fred e si ricordò che poteva sconfiggerlo solo con un breve combattimento ed entrare nel territorio del suo nemico.

Esponendosi a un duro colpo, balzò in piedi e si gettò nella guardia di Laurence, colpendolo al fegato.

L'allevatore, sebbene volesse fuggire, non ci riuscì, perché Bud gli si attaccò come una patella alla pietra, e poi fu costretto ad accettare il combattimento sul terreno che gli veniva offerto, cercando un modo per annullare il suo avversario.

Ma aveva inferto duri colpi al fegato e al cuore che avevano spezzato le forze di Laurence, e ora la lotta era pari, perché l'allevatore, accusando i colpi, ansimava come un toro dopo una lunga corsa.

Quando si separarono, Bud fu colpito da un occhio nero da un gancio corto, ma Laurence si piegò in due per il dolore e si coprì con difficoltà.

Infuocati e accecati dai colpi ricevuti, si lanciavano in pieno in un supremo desiderio di eliminarsi rapidamente, e ora stavano solo attenti a cercare di sferrare colpi finali piuttosto che coprirsi dal riceverli.

Bud sanguinava da un orecchio e aveva un occhio nero; Laurence aveva un sopracciglio diviso e le labbra gonfie, ma nessuno dei due si arrese e i due raddoppiarono i loro sforzi cercando la fine della lotta.

Lorenzo, svenuto, cercò il colpo di grazia al mento del suo nemico e stese il braccio in modo avvizzito cercando il suo volto; Ma Bud riuscì a schivare in tempo e il braccio dell'allevatore galleggiò sopra la sua spalla, costringendolo a piegarsi in avanti, appoggiandosi quasi sul petto di Bud. Lo respinse con la mano sinistra, e con la destra gli schiacciò la faccia, gettandolo all'indietro come spinto da una tempesta.

Come una massa senza vita, cadde all'indietro, schiantandosi a capofitto contro le dure pietre del patio, e lì giacque, senza dare segni di vita.

Ansimando, Bud si raddrizzò e, dopo essersi passato la mano sul viso per asciugarsi il sangue che lo stava accecando, cercò di sorridere e volse gli occhi al portico dove si era ritirata Nancy, ammutolito dall'eccitazione per la terribile battaglia che aveva appena combattuto. . testimone; ma quando stava per iniziare un sorriso amichevole nei suoi confronti, il sorriso era congelato sulle sue labbra.

In piedi sui gradini del portico, con le braccia conserte, freddo e autoritario, c'era Big, che, scendendo lentamente la scala, si avvicinò a Bud, dicendo gelidamente:

"Questo è intollerabile, signor Raines." Ti ho avvertito l'altro giorno che non ero disposto a permettere che i miei ospiti venissero trattati in questo modo a casa mia, e tu hai osato ripetere l'azione di nuovo. Cosa hai da argomentare a tuo favore?

Bud lanciò uno sguardo angosciato a Nancy, che se ne stava appoggiata al muro come una statua di ghiaccio, e abbassando gli occhi sottomessa rispose:

"Niente, Mr. Big." Hai ragione e il mio dovere è rispettare le tue decisioni. Le ragioni che potrebbe citare sono così personali che non le rivelerebbe a nessuno al mondo.

Si voltò per andarsene e quando scoprì la chitarra appoggiata al muro, la prese; Lo fissò per un momento, poi lo sbatté contro la panca, scomparendo nel capanno.

CAPITOLO III

GRANDE PREPARA UNA TRAPPOLA .

Il signor Big, stupito, guardò sua figlia, che, alzando le spalle e senza dire una parola, scomparve attraverso il portico, e Big, sbalordito, intuendo qualcosa di strano in quell'atteggiamento e in quel duello, chiamò il cuoco, che venne in fretta .

"John. Disse: "Aiutami a portare quest'uomo al catino per rinfrescarlo". Allora trovami l'armadietto dei medicinali. Tra di loro lo sommergerono nell'acqua fredda per più di mezz'ora, finché alla fine Laurence sembrò cominciare a dare segni di vita.

Big, poi, diede ordine di trasferirlo in una delle stanze del ranch, e preso il kit di pronto soccorso che John gli aveva presentato, lavò le ferite, gli applicò degli impacchi di iodio e lo fasciò come meglio poté, finché non fu un po' presentabile .

Quando non sapeva che altro fare per lui, lo lasciò in una pesante sonnolenza e si trasferì nel suo ufficio, dove fece venire sua figlia.

Questo, intuendo che fosse arrivato per lei uno dei momenti più decisivi della sua vita, arrivò a denti stretti e con gli occhi distratti. Il suo pensiero era molto più lontano del suo corpo da quello stretto recinto.

Big, che adorava sua figlia e che per lei sarebbe stato capace dei più grandi sacrifici, gli indicò una sedia davanti e poi chiese:

"Vediamo, Nancy, tu che hai assistito alla lotta, dimmi a cosa hai obbedito."

Dopo un momento di esitazione, rispose con voce ferma:

"Papà: un uomo ti ha detto che le sue ragioni erano così personali che non le avrebbe rivelate a nessuno al mondo. Perché dovrei essere io a tradire quei sentimenti?

"Non mi importa di quel tipo vanaglorioso." Le persone non combattono per il piacere di combattere di fronte a una donna, specialmente quando quella donna ha un'amicizia molto stretta con uno dei concorrenti.

"Ovviamente no; ma queste sono cose sue. Se Laurence la pensa diversamente, lascia che sia lui a dirtelo.

"Stai declinando? Non ti fidi abbastanza da dirmelo?

"Sì; ma si tratta di due uomini. Lascia che parlino se lo ritengono opportuno. Io, da parte mia, approvo l'atteggiamento del vostro caposquadra.

Si avvicinò alla ragazza e, posandole una mano sulla spalla, le chiese affettuosamente:

"Era a causa tua?

"Non ti piacerebbe?

"Non lo so. Penso di sì, perché nessuno dei due mi ha riempito.

"Non dici che Bud è un uomo magnifico?"

"Come caposquadra, sì." Come qualcos'altro, no. Non ha un dollaro, è un uomo così impulsivo e rissoso che sarebbe capace di trattarti come bestiame o come uomini che non sono gentili con lui; e per quanto riguarda Laurence, non è un cattivo gioco, ha un buon tipo, è relativamente ricco, ma è uno sciocco e non credo che abbia molto da nascondere nella sua testa.

"Chissà se succede la stessa cosa nel suo cuore," replicò lei, con una vaghezza il cui significato Big non riuscì a decifrare.

"Sei persistente nel nascondere quello che mi è successo?

"Te l'ho già detto che è loro." Se Laurence pensa che dovrebbe rivelartelo, lascia che lo faccia.

"Bene. Ciò non significa che sospetto che tu sia stato la causa della lite.

"Sospetta cosa vuoi, papà;" Ma finché non lo sai per certo, non suonare le campane che volano.

E, voltandosi, uscì dall'ufficio, lasciando il padre immerso in un mare di confusione.

La mattina dopo, quando Laurence fu in grado di realizzare la realtà, l'allevatore venne al ranch per informarsi sulle sue condizioni, e Laurence, imprecando come un cowboy, esclamò:

"Grazie mille per l'interessamento, signore, ma ho il sospetto che non abbia pensato molto bene, che mi sia lasciato sculacciare di nuovo da quel dannato caposquadra, che diavolo la confonda." Ha pugni d'acciaio e mi ha buttato giù con noncuranza. Comunque mi consolo perché so che gli ho dato anche il suo.

"Era così, cara, ma... vuoi dirmi di cosa si trattava?"

Laurence lo fissò per un momento con stupore, poi replicò:

"Gli hai chiesto?

"Sì, ma ti sei rifiutato di dirmelo."

Lorenzo, impetuoso, senza misurare le sue parole, disse:

"Certo che rifiuterebbe! Quello che ha fatto non è stato fatto da uomini onesti ed è
per questo che lo ha tenuto per sé; ma non ho problemi a dirglielo. L'ho sorpreso a
baciare la signorina Nancy e mi sono sentito obbligato a difenderla.

Big si irrigidì alla dichiarazione dell'allevatore. Se era così, perché Nancy non era
stata indignata quanto lui, e perché non glielo aveva rivelato chiedendo con
indignazione che fosse immediatamente buttato fuori dal ranch?

Big ha indovinato molte cose in un momento. Capì l'atteggiamento dignitoso di Bud
che si assumeva la responsabilità della lotta senza scoprirne le cause, per non
interrogare Nancy; Immaginò che non fosse stata molto offesa dal trattamento
amorevole che aveva ricevuto da lui e provava una certa repulsione nei confronti di
Laurence sapendo che era così vanitoso da non ammettere la possibilità che un altro
uomo potesse avere più influenza su sua figlia di lui e, in tono sprezzante, chiedo:

"Ti sei fermato a chiedere se a mia figlia è piaciuto il tuo coinvolgimento nei suoi
affari personali?

Laurence, come se parlasse in una lingua incomprensibile, guardò spalancato gli
occhi verso l'allevatore ed esclamò:

"Ma Mr. Big... puoi presumere che tua figlia...?"

"Non suppongo niente." Mi limiterò a chiederti se hai ottenuto da lei l'autorizzazione
a difendere la tua giurisdizione.

"Ovviamente no! Sinceramente pensavo che...

"Penso che abbia commesso un deplorevole errore, signor Raft, e che abbia
aggravato la faccenda rivelando l'origine del litigio." Né Bud voleva dirmelo, né mia
figlia. Se questo non ti dice niente...

Lorenzo, sconsolato, si alzò faticosamente dal letto ed esclamò:

"Oh Dio! ... È possibile che ...?

"Niente è possibile e tutto è possibile." Penso che tu sia molto rotto da quel
pestaggio che si sarebbe potuto evitare non facendosi coinvolgere in una faccenda
per la quale nessuno ti aveva autorizzato e penso che la cosa migliore sia che ti
dedichi a prenderti cura di te con calma. Ordinerò che il concerto sia collegato per
trasferirlo nel suo ranch, e spero che la cosa non sia niente di grave.

Laurence stava per rispondere, ma l'emozione era tale che ricadde sul cuscino,
respirando affannosamente.

Big lasciò la stanza e, andando nel suo ufficio, chiamò sua figlia. Questo, incuriosito,
ha risposto alla chiamata. Big, apparentemente calmo, disse:

"Sono appena venuto a trovare Laurence." Adesso sta meglio e può essere trasferito nel suo ranch.

"Sono contento. Penso che quel brutto momento potrebbe essere evitato.

"Te l'ho detto anch'io", affermò semplicemente l'allevatore.

Nancy lo guardò intensamente per un momento, poi abbassò gli occhi, un po' arrossata, senza osare dire una parola.

Grande, emozionato, le si avvicinò e le chiese:

“Cosa hai da dirmi adesso?

"Nient'altro che una cosa." Che ha così poco da nascondere nella sua testa come nel suo cuore.

"Siamo d'accordo; ma ciò non toglie che la situazione sia alquanto equivoca. Ora non c'è niente da nascondere, Nancy, ed è per questo che hai la parola.

"Grazie papà; ma non so proprio cosa dirti...

"Non credo sia molto." ti ha baciato...

“Non lo nego...

“Cosa hai fatto per fermarlo?

"Niente. Non avevo tempo.

"dopo?

"Non ho avuto tempo per pensarci." Laurence è intervenuto così all'improvviso che non riuscivo a pensare.

"Bene, ma adesso...

"Penso che sia troppo tardi." Non credi?

"Penso che quello a cui non piace sei tu." Lo ami davvero?

"Mi fai una domanda difficile, papà." È un uomo che mi è sempre piaciuto. Si è comportato in modo nobile e cortese, mi ha trattato con eleganza e distinzione, ha cercato di rendere la mia vita piacevole in molti momenti e non ho avuto nulla da rimproverargli.

"Lascia perdere la faccenda, figlia mia." Il momento...

"Beh, il momento è molto confuso." C'è qualcosa a suo favore: è stato più gentiluomo e più discreto di Laurence. Si lascerà licenziare dal ranch senza addurre nulla a suo favore. Nemmeno che io fossi la causa involontaria del suo eccesso. Cantava la sua malinconia al ritmo della chitarra e io andavo come la quaglia alla pretesa.

Chiacchieriamo. Ha accennato a un amore impossibile, forse gli avrei dato un punto d'appoggio per la sua azione. Il danno è già fatto.

"Non ancora. Rimangono due soluzioni. O ti piace e la cosa è formalizzata, o devo licenziarlo immediatamente.

"Il motivo è così grave che ti privi di un elemento così utile?

"Il motivo, no, visto che non ti lamenti; cosa può succedere dopo, sì.

"Cosa può succedere?

"Lascialo ripetere l'azione." Lo farei invece. Un bacio ha solo due soluzioni: o uno schiaffo o un altro bacio. A parte questo, ho la sensazione che la faccenda con Laurence non rimarrà così. Raft è un duro e, se sa di essere sconfitto, cercherà di reclamare l'affronto. Oggi era con i pugni, ma domani potrebbe essere con i colpi, e se è con i colpi... preparerò la corona di mirti che adorna la tomba di Zattera.

Nancy impallidì alla dichiarazione di suo padre e, tutta agitata, chiese:

"Che soluzione trovi, papà?

"Parecchi; ma tutto dipende da cosa decidi.

"Se non posso decidere! Sono rimasto sorpreso da questo. Non so se Bud ha davvero una cotta per me!

"Cosa hai bisogno di sapere, per prenderti per i capelli e trascinarti a vedere il pastore?

"Non così tanto, papà." D'altra parte, devo studiare il caso. Mi piace, lo confesso; ma... tu dici che è povero, che è violento, temi che il suo trattamento nei miei confronti sia... quello di un volgare cowboy. Ci sono molti inconvenienti, da parte tua.

"Al diavolo quello che potrei pensare, cara!" Sei tu che decidi la tua felicità. Pensaci e la tua risoluzione dipende da due soluzioni che ho.

"Dimmi."

"Se non ti piace, licenzialo, e se ti piace...

"Il fatto che?

"Ascoltami. Ho appena ricevuto una brutta notizia che, in fondo, ti fa bene. Tuo zio Ben è morto.

"   Povero zio Ben! esclamò Nancy, sinceramente addolorata. Era molto buono con me, ma aveva un carattere terribile.

"Sì, è morto di collera, mi dice lo sceriffo di Whitebilis." Non ha potuto digerire il fatto che i ladri di bestiame "ammaccavano" una buona punta di bestiame, e tra ciò i reumatismi che non gli permettevano di muoversi con il sollievo a cui era abituato e l'attrezzatura dura e ingestibile che ha nel ranch, hanno contribuito alla sua morte. Tuo zio ha creduto di farti un favore lasciandoti erede di quel bestiame che alleva l'inferno e ti nomina erede universale dei suoi beni; Ma proprio come il ranch è buono e se ne potrebbe trarre profitto, è un nido di vespe che né tu né nessuna donna né molti uomini potete governare. Ci vuole un ragazzo eccezionale che dorme con la "Colt" in mano e si mette la squadra intorno alla vita e uccide i ladri di bestiame che si rifugiano nelle Wilson Mountains,

"E quel ragazzo è...

"Bud Raines".

"Che cosa vuoi dire con questo?

"Che se ti piace davvero, possiamo metterlo alla prova." Non hai un dollaro; Ma se ripulisce il ranch dagli indesiderabili e lo fa prosperare, si sarà guadagnato una donna come te e il diritto di godere della prosperità che sarà dovuto solo ai suoi sforzi. Questa è la mia altra soluzione. Pensaci e decidi.

Nancy si alzò, pronta per partire.

"Fammi studiare, papà." Questo è molto serio.

"Molto, ma non fare tardi." Devo prendere una decisione con quel puledro selvaggio e tutto ciò che in seguito lo incoraggerà.

Nancy, quando arrivò alla porta, si voltò e disse sorridendo:

"Va bene, ma mentre lo studio... credo che dovresti proporglielo, vedi se accetta."

E fuggì come una cerva, mentre suo padre sorrideva in modo strano.

Bud ha trascorso una delle notti più terribili della sua vita, riflettendo sulla sua situazione.

Non aveva paura di essere licenziato dal ranch, presumeva che questa fosse l'unica misura praticabile che Big potesse portare con sé dopo l'offesa che aveva inflitto a sua figlia; ma gli dava l'angoscia più intensa pensare che era andato troppo oltre nei suoi impulsi e che ora aveva perso ogni possibilità di conquistare nobilmente il suo amore.

A volte, tormentato dalla vergogna, sentiva l'impulso di alzarsi, prendere il suo cavallo e fuggire, ma una forza misteriosa lo inchiodava al tappeto, impedendogli di farlo. La domenica non era più piacevole per lui. Si stupì di non aver ancora ricevuto avviso dall'allevatore di presentarsi davanti a lui e di procedere alla sua liquidazione, ma, visto il caso, si disse che forse non conosceva le cause della lite e se Nancy, per arrossire, li aveva nascosti, non avrebbe giudicato così grave il suo litigio con Laurence e pensava con calma all'atteggiamento che avrebbe dovuto prendere con lui. Il rovescio della medaglia era che l'allevatore dispettoso parlasse e fornisse a Big un background sul motivo del litigio. Se ciò fosse accaduto e si fosse saputo solo, per bocca sua, procurando alla ragazza il discredito che si doveva supporre, promise di sparare al ciarlatano dove lo avesse trovato,

Quando la domenica sera è arrivata e tardi, la squadra è tornata e con lui Fred, che era andato in città a divertirsi un po'.

Fred, molto allegro, entrò nel capannone dove Bud dormiva in isolamento e, appoggiato allo stipite,

"Come va, vecchia volpe? Come stai con i tuoi attacchi di malinconia?

Bud gli sbuffò e, balzando in avanti con i pugni chiusi, ruggì:

«Vattene dalla mia vista, Fred! Togliti, se non vuoi che faccia esplodere quei musi da avvoltoio.

"Questo dovrebbe vedere! Fred rispose allegramente. Non sei capace di mettere un pugno nella proboscide di un elefante.

Un Bud infuriato si lanciò su di lui con un colpo diretto, ma Fred schivò bruscamente e il suo pugno sbatté contro lo stipite della porta.

Il caposquadra furioso ruggì come un toro ferito, ma mentre si voltava e si fermava alla luce della lanterna che illuminava fiocamente il capannone, Fred vide i segni del combattimento sul suo viso.

"Per le corna di una mucca, Bud! Chi diavolo ti ha disegnato quella mappa in faccia?

"Chi non sarà in grado di vantarsene per molto tempo! Bud scattò scontroso.

Il pedone si avvicinò a Bud e, posando la sua larga mano sulla spalla del giovane, esclamò:

"Mi dispiace, Bud, non sapevo avessi litigato." Chi era il fortunato mortale? Non mi dire. Lo so già.

"Perché?

"Perché poteva essere solo Laurence."

"Su cosa ti basi per questo?

"In questo è l'unico che getta un'ombra sul tuo cuore."

Bud afferrò la testiera e gliela lanciò alla testa, ma Fred la prese a mezz'aria e gliela restituì, colpendolo sulla testa.

"Non essere un mulo troia, Bud;" né per questo sei buono. Vuoi smetterla di fare il culo e dirmi cos'è successo?

"Niente che possa interessare a nessuno tranne me." Ti dirò solo una cosa: domani lascio questo ranch.

Fred fischiò in un modo particolare e chiese:

"Te ne vai o ti buttano fuori?

"Per il caso, è lo stesso." Me ne vado e basta.

"Hai pensato a dove?

"All'inferno! Il giovane urlò disperato.

"Beh, è per questo che potresti continuare qui." Beh, dopotutto, spero che all'inferno non saremo troppo male.

Bud si arrabbiò.

"Che dici? Ruggì.

"Che non staremo così male lì." Sono stanco di fagioli, cavoli, pancetta affumicata e tutti gli altri ingredienti. Spero che i piatti dell'inferno abbiano più salsa.

Bud, eccitato dall'atteggiamento di Fred, gli si avvicinò dicendo:

"Non. Non andrai. Niente ti va contro. Hai tuo padre qui e devi...

"Fanculo il tuo consiglio, Bud!" Pensi che posso lasciarti solo per il mondo? Per cosa, in modo che il primo che ti capita ti faccia cadere? No, figliolo, sei condannato a portare una babysitter dietro di te e quella babysitter devo essere io.

Bud, stanco delle ironie di Fred, disse:

"Non essere persistente, Fred, non lo ammetterò." I miei affari non devono disturbare la vita di nessuno. Andrò da solo e se mi sculacciano consolati; L'hai fatto così tante volte che un'altra non ha importanza.

"Certo che è importante, figliolo." Che ti abbia battuto va bene, ma che gli altri mi rubino quella gloria, no. Metti questo sopra la tua testa.

Bud ruggì, prese a calci, minacciò, ma inutilmente. Fred rimase in piedi e quando si stancò di sentirlo, andò alla porta e gridò da essa:

"Addio, vitello! Muoviti quanto vuoi, ti stancherai. Spero che domani, quando arriva il mattino, tu sia rimasto senza parole e sia più facile discutere con te.

E sbattendo la porta, scomparve.

Verso le otto del mattino, quando Bud era sveglio da due ore e con il borsone pronto per la marcia, Fred si presentò al capanno. Si era vestita per una vacanza e portava il fagotto dei suoi vestiti sotto il braccio.

"Quando vuoi, vecchia volpe", disse. Le piante dei miei piedi pungono per aver calpestato le erbacce in questo dannato ranch.

Bud stava per ribattere violentemente, quando il pedone che faceva da cuoco si presentò al capannone dicendo:

"Bud, il capo ti chiama nel suo ufficio."

Bud esitò per un momento, ma, giunto a una risoluzione, avvertì Fred:

"Aspetta un po', scendo presto." Penso che sia meglio affrontare la situazione.

Fred strizzò l'occhio in modo espressivo e avvertì:

"E niente pugni, tesoro."

CAPITOLO IV

BUD ACCETTA UNA PROPOSTA

Con fermezza, Bud entrò nell'ufficio dell'allevatore. Questo, dietro la sua scrivania, aveva una grande pila di carte sparpagliate sulla lavagna, e sebbene rimanesse a capo chino, stava esaminando il viso di Bud, studiando le sue reazioni.

Alla fine alzò la testa e guardandolo severa esclamò:

"Signor Raines, sabato lei non era a conoscenza dei motivi del suo litigio con il signor Raft, ma la scorsa notte, li superi e..."

"Scusa, Mr. Big." Penso di poterti risparmiare tutte le spiegazioni, soprattutto quando si tratta del mio licenziamento. Avevo anticipato la sua idea e aspettavo solo di potergliela comunicare e di mettermi ai suoi ordini se avesse dovuto pretendere qualcosa da me in ambito privato.

"Spero che questo non significhi che sia disposto a dargli la possibilità di spararmi a morte." Non sono più quello che una volta maneggiava una pistola.

Bud arrossì e si affrettò a dire:

"Penso che tu mi giudichi molto male, anche se hai certe ragioni per questo." Non l'ho mai sognato e sono disposto a farmi sparare contro un muro solo se pensi che possa soddisfare la tua autostima.

"E cosa diavolo otterrei sparandoti come un bambino? È tutto quello che riesci a pensare per salvare situazioni critiche?

"Confesso di sì." Forse questo è a causa della mia natura violenta.

"Ma fortunatamente non abbiamo tutti una polveriera nelle vene come te." Per favore, siediti e ascoltami bene. Vuoi dirmi perché l'hai fatto?

"""Il fatto che? Rispolverare Laurence?

"Non. Lo so già. Voglio dire... l'altro...

Bud arrossì, rispondendo seccamente:

"Dovrò essere violento per dirglielo?

"Dovrai solo dirmelo." O pensi che io abbia cresciuto mia figlia per essere una distrazione per la prima che la colpisce?

Bud, impetuoso, balzò dalla sedia dicendo:

"Non le permetto di dirlo, né per lei né per me." È vero che non riuscivo a contenermi e l'ho baciata. Non mi sono fermata a pensare se le sarebbe piaciuto o no, ma posso dirle che l'ho fatto dominato da una profonda passione che provo nei suoi confronti.

"Su quali basi?

"Lo ignoro. Era una questione di ambiente. La notte era così poetica... lei era così bella e io ero così malinconico... avevo cantato, senza accorgermene, per lei. Lo sentì e scese nel patio, parlandoci di amori, amori impossibili come raggiungere le stelle. Ha anche cantato un distico al suono della mia chitarra; era una canzone piena di incoraggiamento e speranza. Ho pensato... beh; Credevo stupidamente di poter osare e ho osato. Non voglio biasimarla, capiscimi bene, ma mi ha dato una base per il caso. Sai già tutto.

Big lo ascoltò un po' commosso dall'accento di passione e sincerità che il ragazzo metteva nel suo racconto e quando ebbe finito disse, con voce incerta:

"Ti sei fermato a riflettere se puoi essere degno del tuo amore?

La domanda colse Bud così di sorpresa che gli ci volle molto tempo per rispondere. Infine ha affermato:

"Non lo so. Onestamente penso di no. Sono più povero di un topo.

"Mettiamo da parte i soldi." Ci sono cose che non hanno valore di mercato e una è l'amore. Intendo i tuoi vestiti personali.

"Beh, in quel campo, non credo ci sia nulla che mi opponga."

"Non? E quel carattere rissoso e dominante che possiedi? E quei modi bruschi e autoritari? E quella storia di un uomo che nasce con la "Colt" in mano e che deve scendere nella tomba con essa tra le dita? È una virtù?

"Forse no, ma in questa regione dove la Colt è il fondamento della vita...

"Sarà litigare con gli uomini, ma non andare in giro per casa con una donna sensibile e delicata. Temo che tu non sia l'uomo giusto per mia figlia in quelle condizioni.

"Non ho avuto una vera casa e nessuno può prevedere come dovrei comportarmi in essa".

"Mi dirai che lì sarà l'uomo che si farà picchiare dalla moglie, non è vero?"

"Non tanto, ma posso essere l'uomo amorevole, tenero e felice che lei può sognare."

"Mi piacerebbe vederlo."

"Fai il test tu stesso! Bud osò dire inconsciamente.

"Ci sono test che poi non hanno soluzione se falliscono. Ci hai riflettuto? Potresti farlo, ma le condizioni preliminari ti sarebbero sembrate troppo dure.

Bud quando lo sentì, la cosa più inaspettata che poté sentire, si alzò di nuovo impetuosamente e gridò:

"Che ne dici?

"Mi sembra di aver parlato chiaramente, signor Raines."

Questo, rosso come un papavero, rispose:

"Bene. Sottoponimi alla prova dell'aria e del fuoco e saprò come rispondervi a picche. Non posso dire di più.

Big sorrise e costringendolo a sedersi, disse:

"Ascoltami bene, Bud." Sei un ragazzo con ottime qualità, ma hai delle qualità odiose che se non le correggi non ti porteranno lontano. Non posso prometterti nulla di immediato, ma posso prometterti qualcosa per il futuro che sta a te accorciare.

"Mia figlia non è stata molto indignata con te per quello che è stato fatto, ma nemmeno ha iniziato a saltare di gioia. È simpatica, conserva ricordi gentili di te che la fanno guardare con piacere, ma ha paura, come me , che Questa è una maschera o uno sfogo senza consistenza. D'altra parte, sei povero e lo sei, perché lo volevi essere. Oggi la vita esige una certa uguaglianza che non hai, ma che puoi avere se vuoi .cose: raccogliere una quota di fortuna che le eguagli, e finire di conquistare il suo amore, se è vero che ti innamori di mia figlia.

"Cosa fai visto che non mi dici quelle condizioni? gridò Bud disperatamente.

"Calmati e non lasciare che la tua bestia interiore si mostri, perché è la prima che devi domare." Te li spiegherò, ma ti ho già avvertito che saranno duri. Mia figlia, nel caso le mancasse qualcosa per prendere le distanze da te ancora di più finanziariamente, ha appena ereditato un ranch. Gli è stato lasciato da suo zio Ben, il fratello di sua madre, ma quel ranch è come se avesse ereditato un cobra e avesse dovuto nutrirlo con il seno. Se c'è qualcosa di demoniaco in questo mondo, è il ranch di Ben Hays, situato a Whitebills, vicino alle Wilson Mountains..., conosci il gioco d'azzardo?

"Qualcosa. Non è una parte altamente raccomandata della regione.

"No non lo è. Se aggiungi che l'attrezzatura di Ben è più rozza di un cavallo selvaggio, che ci sono allevatori che "ammaccano" il bestiame quasi impunemente e che questo deve essere raddrizzato e ripulito, capirai che l'eredità è un dono di Dio.

"Bene, allora c'è l'osso da spezzare Possiamo onestamente valutare il ranch per quello che vale attualmente, e se entro un anno ti impegni a ripristinarlo, avere una squadra decente, porre fine ai ladri di bestiame e raddoppiare il valore del bestiame, tutto quel surplus, a parte il salario assegnato a te, andrà a tuo vantaggio per portarti al livello di mia figlia e per poter aspirare alla sua mano.Questa è la parte materiale, la parte spirituale è a tuo carico, ben inteso che per guadagnare il tuo amore, non devo darti consigli, ma piuttosto prenderli da te.

Bud, che stava ascoltando le parole dell'allevatore come chi ascolta una piacevole musica nell'orecchio, si alzò con calma chiedendo:

"Quando posso partire per il ranch?

"Penso che non appena sarai pronto." Ho preparato tutte le carte perché tu ne prenda possesso a nome di mia figlia e una tua procura, in modo che nessuno dubiti della tua autorità. Il resto è tua responsabilità.

Bud si fece avanti, chiedendo:

"È in mio potere essere in grado di portare Fred Sanders con me?

"Bene. Se ti ostacola e ti augura una morte prematura, portalo via; ma avvertiti prima.

"Inutile. Fred non vede l'ora di trovare qualcuno che possa rompere il grumo dal naso e io non vedo l'ora che lo faccia lui. Se non vieni estorto, questo pomeriggio ci andiamo.

"Nessuna. Da questo momento sei libero di farlo.

Bud rimase perplesso per un momento e poi chiese:

"Mi dai il permesso di dare queste stesse assicurazioni a tua figlia e di salutarla?

Big esitò per un momento e alla fine disse:

"Io non lo farei. Potrebbe essere un addio deludente. Lasciale il ricordo dell'altra notte e lasciaglielo assaporare, per vedere se lo digerisce bene. Forse tra un po', quando saprà del suo lavoro e dei sacrifici che stai facendo per lei e per i suoi interessi, il colloquio sarà per te più piacevole.

"Beh, capisco la tua idea e mi attengo ad essa." Salutala e assicurale che farò tutto ciò che è in mio potere per trasformarlo in un paradiso terrestre, dove solo fiori sbocciano sul suo cammino e dove il valore di ogni piede di terra è qualcosa che fa impallidire d'invidia i più potenti.

E stringendo effusivamente la mano dell'allevatore, lasciò l'ufficio come un pazzo, con gli occhi pieni di ridenti paesaggi d'amore e di felicità.

Quando arrivò al capannone dove Fred lo aspettava annoiato e malinconico, gli diede una spinta terribile che lo gettò sul tappeto e gridò:

"Vattene dalla mia vista, pezzo di culo! ... Che ci fai lì in piedi?

"Aspettando il tuo ritorno... Dove sono stati gli schiaffi che non ti accorgi?"

"Ancora da nessuna parte, ma arriveranno." Preparati, partiamo.

"Wow... Ti sei già convinto che non puoi girare il mondo senza una baby sitter?

"No: ti porterò in un posto dove dovrò essere la tua babysitter.

"Mi piacerebbe vederlo!

"Beh, lo vedrai e, quel che è peggio, lo sentirai." Andremo in un posto dove pioveranno proiettili come grandine e dove i tuoi pugni non faranno niente.

"Mi piacerebbe vederlo! Stoico ripetuto Fred

"Non ti sto dicendo che lo vedrai e lo sentirai, piccolo cucciolo di un anno?

"Beh, dove mangeremo i capisquadra come te senza condimento?"

"A Whitebills."

Fred fischiò tra i denti e borbottò:

"In quell'angolo maledetto dell'inferno, dove uscimmo a cavallo quella famosa notte di Natale?

"Giustamente.; ma con la particolarità che ora ci accingiamo a buttare lì tutti quelli che non sono i benvenuti.

"È Mr. Big quello che ti ha mandato?

"Sì. Gestirò il ranch di suo cognato Ben, che è morto e l'ha lasciato a Nancy.

"A Nancy! ... Ma che familiarità è questa, Bud? Quindi Mr. Big non ha il coraggio di ucciderti e ti manda a far fare ad altri il lavoro da soli? Lasciami andare di sopra e pizzicargli il naso, per miserabile!

Bud ha dovuto fare sforzi eroici per trattenere il suo partner. Capì che si trattava di un compito spregevole e intendeva vendicarla in anticipo.

Alla fine riuscì a convincere il pedone, assicurando:

"Stai fermo, culo." Che ne sai del favore che mi farà con quello?

"Favore? Non che avesse intenzione di concedere la mano di sua figlia come premio!

Bud, incapace di controllare la gioia che traboccava nella sua anima, esclamò:

"E se lo fosse?

Fred gli sparò un colpo diretto che quasi lo colpì e borbottò:

"Ah, porco indecente! E l'hai taciuto? E per questo sembravi così disperato e così chiuso? Ti meriti che ti tagli il mento per un mascalzone.

"Dai, Fred, non essere dispettoso." Giuro che è stata una cosa tanto grande quanto imprevista, te ne parlerò.

Il pedone si grattò la testa e poi domandò timidamente:

"Ehi, davvero, se non ti fai uno strattone, quello potrebbe essere il tuo premio?"

"Questo è quello che il capo mi ha assicurato."

"Vuoi farmi un favore?

"Dimmi.

"Chiedigli se me lo porge." Anch'io sto mordendo la cavezza per Rosa, la cameriera della signorina Nancy; ma lei...

"Beh, forse la sua influenza arriverà a questo." Anche se mi sembra che tu debba essere troppo violento per il suo carattere. Se tu fossi un uomo calmo e ragionevole come me!

Fred gli lanciò un colpo di testa, ma Bud lo schivò abilmente.

A metà pomeriggio avevano tutto pronto per la partenza, e Bud salì nell'ufficio di Big per salutarlo.

L'allevatore gli consegnò la sua liquidazione, tutti i documenti riguardanti il ranch, l'autorizzazione che lo nominava suo unico rappresentante e un duplicato del contratto che entrambi dovevano firmare per formalizzare il loro impegno.

"Non devi firmarlo in questo momento", ha avvertito Big. Studialo e, se ti va, firmalo, e se c'è una clausola da discutere...

"Così che? Né tu né io siamo dei ladri. Se siamo d'accordo sulle basi, sulla secondaria non saremo in disaccordo.

Strinse la mano del vecchio Big e scese nel patio, dove Fred lo stava aspettando a cavallo.

Bud salì nella sua e scese dal recinto. Il sole si riversava sulla galleria aerea del ranch ei fiori nei vasi di Nancy risplendevano di luce e colore.

Il ragazzo alzò gli occhi alla ringhiera cercando la bella sagoma della giovane donna, ma non riuscì a scoprirla. Senza dubbio nutriva rancore per quello che era successo quella notte.

Malinconico, si avviò giù per la valle.

Fred ha chiesto ironicamente:

"Non l'hai vista, Bud?

"Come avrebbe fatto a vederla se non si fosse fatto vivo? Bud rispose tristemente.

"No, pezzo di culo. Quello che succede è che era appoggiato sull'altro lato della facciata. L'ho vista guardare attraverso il vetro. Sei un cieco, Bud, e temo che non saprai mai come conquistarla.

CAPITOLO V

UN'INGRESSO TROPPO RUMOROSO

L'ingresso di Bud e Fred nel ranch "Cruz Alta" di Whitebills non fu esattamente l'apoteosi di quello che Washington ebbe un giorno ad Annapolis quando tornò vittorioso dagli inglesi. Lowell Winant, caposquadra del ranch, uscì per incontrarli al recinto, e quando Bud chiese chi fosse il responsabile del ranch, si fece avanti con vanto per rispondere:

"Io sono il direttore, straniero, cosa ti è stato offerto?"

"Sto solo prendendo in consegna il ranch per conto di Miss Nancy Big, dalla quale porto poteri scritti."

Bud fece come per mostrare la sua documentazione, ma il caposquadra, rifiutando il gesto, disse:

"Mi dispiace che tu abbia fatto una passeggiata così faticosa dal Grand Canyon; ma qui non hai niente da fare. Aspetto la visita di quella signorina per capirmi con lei e il resto non mi soddisfa.

Bud scese con calma da cavallo, seguito da Fred, e avvicinandosi a Lowell, disse:

"E pensi che la signorina Nancy abbia così cattivo gusto da fare questa passeggiata per vederti quella faccia da "ruscello" che hai?

Lowell si irrigidì all'insulto e rispose ferocemente:

"Ascolta, straniero." Sei un cowboy dell'operetta che viene qui credendo che stai per inghiottire la terra, ed è facile che ciò accada se ci vogliono cinque minuti per scomparire del tutto. Hai bisogno di uomini della mia stazza per gestire questo ranch, e io non sono uno di quelli che lasceranno il lavoro al primo che si farà avanti per reclamarlo.

"Ciò significa che ci rinuncerai solo con la forza..."

"Sembri un indovino."

"Oh bene! In quel caso non c'è altro di cui parlare. Fred, potresti per favore mostrare a questo signore i documenti che ti accreditano come caposquadra di questo ranch. Fred, molto divertito, chiese:

"Quale occhio vuoi che ingoia: il sinistro o il destro?

"Dato che è miope, penso a causa di entrambi".

Fred fece un passo avanti, e Lowell, molto presuntuoso per lo spettacolo che stava progettando di dare alla sua squadra, che lo circondò ridendo in anticipo del fallimento dei due sconosciuti, inarcò le gambe, strinse i pugni e si preparò a salutare Fred con dignità.

Iniziò alcuni strani giri con le braccia e improvvisamente, prima che Lowell avesse il tempo di rendersene conto, fu colpito alla bocca, facendo saltare una mezza dozzina di denti.

Il caposquadra emise un ruggito impressionante e si appoggiò allo schienale, sopraffatto dal dolore, mentre Fred, rivolgendosi a Bud, si scusò dicendo:

"Scusa se ti ho coperto la bocca un po' prima." Sono infastidito dalle galline che schiamazzano così tanto prima di sapere se stanno per deporre le uova. Adesso vi farò "vedere" le mie credenziali nella debita forma.

Lowell, sputando sangue, si riprese un po', perché era un uomo di straordinaria durezza, e si lanciò come un toro cieco su Fred, ma non ci volle molto per riconoscere la giusta accoglienza.

Il pugno di Fred, come una mazza, gli scrutò l'occhio destro e con un terribile impatto lo lasciò chiuso per una lunga stagione.

Nonostante la dura punizione, il caposquadra non si arrese. Conosceva la fine che lo attendeva e stava facendo un ultimo sforzo per liberarsi di quell'essere eccezionale, unico modo per espellerli dal ranch e continuare a governarlo come era il suo progetto.

Ma Fred, infastidito da tanta ostinazione, decise di porre fine allo scontro, e cercando il mento duro del cowboy, gli assestò un ultimo colpo, che lo lasciò steso a terra come un fagotto.

Poi sorrise a Bud, che si era divertito molto ad ammirare la forza dei pugni dell'amico, questa volta a sue spese, e chiese:

"Si è capito che dovrei fare lo stesso con tutta questa plebaglia, uno per uno, o basta un piccolo campione?

"Questo, diranno, Fred." Sei il caposquadra di questo ranch, per mia designazione, e non sarò io a insegnarti come trattare i tuoi uomini. In ogni caso, chiedi loro di vedere cosa ne pensano.

"Beh, la domanda è fatta."

I pedoni si guardarono l'un l'altro con rabbia infinita, finché uno, sembrando interpretare i sentimenti dei suoi compagni, si fece avanti dicendo:

"Non riconosciamo un caposquadra diverso da Lowell."

"Il che significa che te ne vai di qui immediatamente, non è vero?"

"Non significa più di quello che ho detto", disse il pedone minaccioso.

Quattordici uomini duri e determinati sogghignavano sinistramente con le mani appoggiate sul calcio dei loro "Colt", pronti a sostenere la loro richiesta, armi in pugno, ma prima che avessero il tempo di estrarli, due revolver apparvero nelle mani di Bud con la velocità di un mitragliatrice e dieci cappelli di altrettanti peoni volarono in aria, strappati dai dieci proiettili ben"puntati.

Bud, non mostrando il minimo tremito nella mano, avvertì:

"Per parlare con me, la prima cosa che devi fare è scoprire te stesso." Fred, per favore, scopri quegli altri quattro.

Fred, brandendo anche lui le sue armi, fece fuoco velocemente. Tre cappelli volarono in aria; ma il quarto ebbe peggio fortuna, perché cadde, la fronte trafitta da un proiettile.

Era la pedina che aveva osato rifiutarsi di seguire gli ordini di Bud.

"Scusa, Bud," disse Fred, "mi sono sfuggito di mano."

Nessuno, di fronte a quella prova di abilità e velocità, osò muovere una mano. Bud aveva già ricaricato i suoi revolver e aspettava la risposta.

I peoni, umiliati, si limitarono a dirigersi verso la porta pronti a marciare.

"Va bene", disse uno. Lì rimani al ranch, e vedremo se tra un mese conserverai quei fumi e quella capacità di sparare.

Bud lasciali andare. Ha avuto un grave problema quando ha finito le attrezzature per badare al bestiame; ma sperava di fornirgli l'aiuto dello sceriffo, al quale era stato ben raccomandato.

Il ranch era rimasto con nient'altro che un vecchio contadino zoppo, che il defunto Ben aveva fatto cucinare quando si era rotto una gamba in un rodeo.

Bill, che si chiamava il peone, professava un grande affetto per il defunto nonostante le sue peculiarità e la sua acidità di carattere, e non aveva mai fatto causa comune con Lowell ei suoi uomini, che non gli davano nemmeno grande importanza.

Bud, pensando di essere rimasto solo, si rivolse a Fred, dicendo:

"Cerca di legarmi stretto a questo uccello in modo che non scappi prima che mi renda conto di cosa ha fatto al ranch dopo la morte del vecchio, e poi sbircia un po' in cucina per vedere cosa riesci a trovare da mangiare."

Fred stava per eseguire l'ordine, quando un fagotto dal movimento grottesco emerse da uno dei capannoni e Bud, individuandolo, si fece avanti, dicendo:

"Chi diavolo sei?

"Io sono il cuoco, signore." Si nascondeva lì mentre erano in corso i fuochi d'artificio.

"Bene. Cosa fai che non segua il percorso di tutti?

"Non mi interessa." Ero il cuoco del vecchio Ben e gli volevo molto bene. Io servo il ranch, non Lowell.

"Il che significa che rimane."

"E felice che tu abbia spazzato via quella lebbra dal ranch." Se ci mettessi altri quindici giorni a venire, non avresti trovato nemmeno l'odore del bestiame qui.

"Ottimo. Prenderò in considerazione questo atto di lealtà nei tuoi confronti e il tuo atteggiamento dignitoso non ti appesantirà. Vedi se c'è qualcosa là fuori che puoi metterti in bocca.

"Certo che c'è." Mi stavo preparando a preparare la cena per quelle persone pigre, e non credo che non stessero vivendo la bella vita.

Il cuoco si ritirò al suo posto e Fred si mise a legare saldamente Lowell, chiudendolo poi in uno dei capannoni.

"Bene. Disse: "Quello è già salvato". Che diavolo ci faccio adesso con quest'altro ragazzo?

"Dovrà essere sepolto come Dio ha voluto". Abbiatene cura e occupatevi anche di aprire un conto spese straordinario per passarlo a Mr. Big a fine mese. Ci sono cose che devono andare a tue spese.

"Cosa diavolo consideri come spese straordinarie?

"Beh, il valore di quattordici proiettili che abbiamo usato questo pomeriggio e quanto vale una corona decente per quel tizio." Mi piace fare le cose con metodo.

"Diavolo! ... Mi sembra che poi ciò che rende il ranch sarà speso in polvere da sparo.

"Questo è il tuo conto." Sono venuto per gestire la tua fattoria, ma non per spendere il mio stipendio in polvere da sparo e proiettili. Non dimenticare.

"Bene bene; sarà fatto come ordinato dal modello.

Mentre il cuoco preparava la cena, Bud salì al ranch e si mise a esaminarla con Fred. L'edificio, molto abbandonato e sporco, sembrava un porcile, e tutto indicava che il suo proprietario, che era stato tenuto in poltrona per molti mesi senza potersi muovere, era stato alla mercé di quei mascalzoni che avevano fatto la loro fattoria volevano.

"Fa schifo, Fred." Temo che tu debba lavorare molto con la scopa e i secchi.

"E al diavolo la tua anima, Bud." Perché mi hai portato qui: per essere una domestica o un caposquadra?

"Ma non vedi com'è?

"Trova una cameriera che se ne occupi." Ah...! e fa' in modo che abbia un viso un po' più attraente di quell'orribile caposquadra. Mi piace l'arredamento delle camere.

"Per te fare l'amore con lei, non è così?"

"Me? Non delirare. Sono un uomo perbene. Per me non ci sono più donne al mondo di sette. Una è Rosa e...

"Gli altri sono già morti, Fred." Assumerò una strega e ti terrò d'occhio per ogni evenienza. Non mi fido molto dei tuoi scrupoli quando si tratta di gonne...

Fred fece una smorfia di rassegnazione ei due andarono in ufficio.

Bud tirò fuori una piccola chiave che gli aveva dato Big. Questo corrispondeva al cassetto del tavolo di Ben, dove teneva i suoi libri.

Bud mandò Fred a sapere se la cena era in ordine, e nel frattempo diede un'occhiata ai libri.

Ben ha tenuto le cose aggiornate e con attenzione. La sua malattia, che lo tenne seduto in poltrona con le gambe paralizzate per più di due anni, gli consentì di occuparsi solo dei conti del ranch, e questi erano ben ordinati.

Da loro Bud apprese che nel pascolo dovevano esserci tremila tori; milleduecento vacche e che il vitello per la stagione era ammontato a novecento vitelli. Nei libri di vendita sono stati elencati gli ultimi giochi di sei mesi fa. L'ultimo, di cinquecento capi, era stato assegnato a un commerciante di bestiame a Nedles, in California, al prezzo di 48 dollari a capo.

Questo è ciò che i libri hanno buttato fuori. Ora bisognava sapere cosa accusava la realtà dopo due mesi di aver trovato l'allevamento nelle mani di Lowell e della sua squadra, e questo doveva essere ventilato con quel ganapán prima di dargli libertà di movimento.

Fred annunciò che la cena era pronta e quando scesero in sala da pranzo, i piatti stavano già fumando sul tavolo.

Bud invitò il vecchio cuoco a sedersi accanto a loro e si prese il momento di interrogarlo sugli affari del ranch. I dettagli che Bill gli diede, non erano tali da costringerlo a ballare con contentezza.

Dalla morte di Ben, due mandrie di bestiame erano state vendute e avevano subito una rapina notturna, a causa di un audace sciopero di ladri di bestiame. D'altra parte, le spese del ranch nelle mani dell'inetto caposquadra erano eccessive, e per coprirle aveva venduto parte del fieno immagazzinato per l'inverno, cosa che poteva provocare una catastrofe se le riserve naturali di pascolo fossero scarse dovute alle cattive condizioni atmosferiche.

Per quanto riguarda la squadra, tutto quello che ha detto su di lui era poco per ritrarlo. Dicendo che era opera di Lowell, era tutto detto.

Poi lo informò della situazione generale. La regione era infestata da ladri e ladri di bestiame. Le Wilson Mountains servivano molto bene come rifugio per i fuorilegge e la città soffrì sotto il dominio di questi, che erano i suoi veri padroni.

Bud avrebbe avuto un serio problema per rinnovare la sua attrezzatura. Non c'erano molte persone degne di fiducia su cui si poteva contare lì e i pochi che potevano essere utili e fedeli, non osavano accettare le accuse, perché la continua lotta con i ladri, significava per loro un costante pericolo di morte.

Bill si offrì di parlare con due nipoti che aveva in una fattoria della contea. Erano entrambi cow"boys, ma si erano dimessi da una posizione così pericolosa, impiegandosi nei lavori agricoli, meno esposti, poiché gli indesiderabili erano più attratti dal bestiame che dalle verdure.

Bud lo ringraziò per l'offerta e promise di pagarli bene per il loro lavoro se si fossero comportati bene. Aveva bisogno di circondarsi di persone dure e leali per combattere i fuorilegge e avrebbe iniziato dando un esempio di coraggio.

Quella notte, temendo una spiacevole visita, non solo da parte dei ladri di bestiame, ma anche da parte degli operai della squadra licenziata, che avrebbero potuto tentare di approfittare dell'indifesa del bestiame custodito solo da Fred e Bud, montarono una guardia molto severa; ma la notte trascorse senza incidenti, e all'alba si ritirarono per riposare un po', lasciando Bill a guardare.

A metà giornata, Bud iniziò la campagna. La sua principale preoccupazione era il rinnovo della squadra. Finché non aveva persone adatte, sarebbe stato legato mani e piedi. Prima di partire, si ricordò di Lowell e ordinò:

"Fred, porta quell'uccello, voglio dire qualche parola con lui.

Ma con grande sorpresa di Fred, l'uccello aveva preso il volo. Rompendo un vetro della finestra nel capannone, riuscì a limare i suoi legami con il vetro rotto e fuggire, non senza lasciare un biglietto minaccioso per Bud, in cui prometteva di vendicarsi del trattamento ricevuto.

Bud era furioso per la scoperta. Ora non poteva dire quante rapine fossero state commesse al ranch negli ultimi due mesi e questo confonderebbe i conti.

Ma poiché la cosa era senza speranza, era meglio dimenticarla, anche se non doveva dimenticare Lowell, che sarebbe diventato uno dei suoi nemici più inconciliabili.

Dopo pranzo scese in città per incontrare lo sceriffo, al cui ordine si sarebbe posto e dal quale avrebbe avuto il massimo aiuto; ma la sua visita alla prima autorità di Whitebills non avrebbe potuto essere più deludente.

Lo sceriffo, che era un uomo già incallito nella lotta contro gli indesiderabili e che ne accusava le tracce con tre cicatrici che portava sul corpo, accolse Bud calorosamente, e quando ebbe spiegato la sua missione nel ranch e i suoi desideri, Gli ha detto:

"Ascolta, Bud, credo che a chi ti ha mandato qui non sia piaciuto." Durante la vita di Ben e quando godeva dei suoi poteri ed energie, vedeva se stesso e desiderava tenere a bada gli indesiderabili. Più tardi, quando si ammalò e dovette fare affidamento sulle mani di qualcun altro, il suo ranch divenne un nido di serpenti, poiché Lowell, che era sempre pigro e spendaccione, approfittò della sua mancanza di controllo per fare ciò che voleva. con l'aiuto dei suoi uomini, unici nel loro genere. Hai compiuto un'opera meritoria spazzando via quella lebbra; Ma pensi che sarà facile per te sostituirli con persone degne? I pochi che ci sono non vorranno esporsi alla carne di "Colt" e gli altri si offriranno di unirsi alla squadra per aiutare i ladri di bestiame. Il problema che si presenta è serio.

"Bene, ma non c'è modo di fare qualcosa per ripulire la regione?"

"Sì, ma dove ne sono capaci le persone?" Io da solo non posso fare nulla e nessuno mi fornisce persone per un lavoro così pericoloso. Ti dirò di più: tra i numerosi allevatori di spicco che lo infestano ce n'è uno, Ray Garson, che poco prima della sua morte Ben ha "ammaccato" cinquecento capi di bestiame. Ray non è stato timido nel sbandierarlo ovunque e io non sono stato in grado di fermarlo, perché si circonda di alcuni uomini armati che difficilmente mi avrebbero visto avvicinarsi a lui, mi avrebbero sparato. Ray frequenta le bische della città; suona, beve, si ubriaca e quando finisce un centesimo si prende un'altra botta dove gli sembra meglio, e per vivere. Una volta ho convinto diversi sceriffi della regione a radunare una dozzina e mezzo dei loro vice per aiutarmi a ripulire e quando sono andato a provare, qualcuno ha dato la mancia, sono scomparsi nella montagna e non c'era modo di localizzarli. Gli assistenti hanno marciato di nuovo annoiati e giorni dopo mi hanno sparato alla schiena che mi ha portato tra la vita e la morte.

Ora, se ti senti più allegro e coraggioso di me, sono disposto a darti la stella, purché tu ottenga ciò che nessun altro qui ha.

Bud, che stava ascoltando attentamente, rispose:

"Molto bene, signor Oakle; apprezzo i suoi rapporti e le dirò solo una cosa: quel ranch significa per me qualcosa che vale più di quello che potrebbero dare per essere migliorato venti volte, e devo difenderlo con le mani e chiodi. Non mi vanto di essere più di chiunque altro, ma affermo una cosa: o pulisco la regione in modo che gli affari possano prosperare, o dovranno seppellirmi qui, e con ciò tutte le mie tribolazioni saranno Tutto dipende da me che metto insieme una squadra affidabile, se ci riesco, qualcuno si pentirà di non essere emigrato dall'altra parte della Confederazione.

"Questo è l'osso, signor Raines." Dov'è quella squadra?

"Non potresti rivolgerti a qualcuno che sente il coraggio di farne parte? Il mio cuoco, l'unica persona perbene rimasta lì, si è offerto di parlare con due dei suoi nipoti che lavorano in una fattoria.

"O si! Gli Swanson sono bravi ragazzi, ma non vogliono morire così giovani.

"Vedrò se riesco a convincerti che è facile mantenere la tua vita e fare una buona azione con me."

"Provalo." Da parte mia, posso indicarti Jim Hopkins e Rufus Hanna. Troverai il primo ad aiutare tuo padre alla fucina, e il secondo al negozio di grano di Larry "el Bizco". Sono professioni più tranquille del cowboy.

"Vi ringrazio per le vostre segnalazioni; Per il resto, potrebbe non volerci molto tempo per sentire parlare di me in città. È un'ossessione che devo ricordare a certe persone il santo del mio nome.

"Assicurati di non doverlo ricordare mentre lo scolpiva su una lapide." È molto semplice.

"E anche molto difficile." La gente dice che sono nato con la "Colt" in mano. Ed è buffo che, facendo finta di guarirmi da questo difetto di vivere con l'arma tra le dita, mi abbiano mandato qui, dove devi tenerlo con una mano mentre bevi la zuppa con l'altra.

Bud salutò lo sceriffo, raccolse gli indirizzi dei quattro possibili braccianti per il ranch e marciò alla loro ricerca, usando tutto ciò che restava del pomeriggio per trovarli e convincerli che avrebbero dovuto aiutarlo in un lavoro così degno.

Ma quella notte, quando tornò al ranch, aveva dietro di sé i quattro stallieri, molto felice di avere un capo di tali arresti.

CAPITOLO VI

COME PUOI OTTENERE 3.055 DOLLARI

Il conteggio del bestiame al pascolo era piuttosto straziante. Dei 3.101 tori, ne sono rimasti solo 1.850. Le vacche erano state ridotte a 601 ei vitelli della metà.

Bud negò il saccheggio e giurò su tutto ciò che aveva giurato di strappare la pelle di Lowell, se fosse stato abbastanza fortunato da incontrarlo un giorno.

Dopo aver fatto una visita generale al ranch, iniziò a scrivere un rapporto per Big. In essa diede conto dell'accoglienza ricevuta, del risultato di essa, della mancanza di bestiame e dello stato pietoso del ranch e delle sue dipendenze, e dopo molti studi allegò un budget di spese per migliorare tutto ciò, che ammontava a a $ 2.501, che pregò di essere inviato per intraprendere immediatamente i lavori.

La sorpresa e la rabbia di Bud furono enormi quando ricevette una lettera da Big in cui, tra le altre cose, diceva:

"Mi dispiace non poterti inviare un solo centesimo, ma non sono disposto a sprecare soldi per qualcosa che non so ancora se varrà la pena ricordare che esiste. Ti ho mandato lì con piena poteri per fare tutto il necessario. preciso, ma contando sui mezzi propri del ranch. Lo credevo un uomo aggressivo, di ingegno e di risorse per mettere le cose in ordine e farlo prosperare. Per essere quello che sopporterà le spese che indichi , non avevo bisogno di interessarti al business al cinquanta percento dei profitti.

"Ora, anche esponendomi a perderli, non posso fare altro che anticipare la tua paga di sei mesi e poi tu con il lavoro che vuoi dargli."

Quando ha letto la lettera a Fred, ha urlato nel cielo, inveendo contro Big.

"Ma cosa ne pensa quel vecchio avaro, che hai le miniere della California sulle dita per togliere le castagne dal fuoco?" Che diavolo ti sta offrendo, se tutto ciò che può essergli restituito se questo è sistemato, glielo darai con i tuoi sforzi? E ti aspetti che ti conceda la mano di sua figlia? Un corno! Quell'usuraio del diavolo, quello che sta cercando di fare è sbarazzarsi di te in modo che tu non la sposi, non lo vedi? E all'estremo estremo, se non ottiene ciò che vuole, sarà perché diventi milionario a tuo rischio, ma senza il suo aiuto.

"Cosa volete che faccia? chiese Bud, scoraggiato.

"Prima mandagli una lettera mandandolo all'inferno." Devi chiamarlo sfruttatore, usuraio, imbroglione e tutto ciò che ti viene in mente. Poi gli dirai di tenersi quell'anticipo che non ti serve proprio, e poi di non pensare di presentarti qui un giorno, perché appena ficcherà il naso tra questi pascoli, lo getteremo in uno stagno con una mucca legata al collo.

"Non posso farlo, Fred," obiettò Bud. È tramite Nancy.

"Non dire sciocchezze". Il tuo dovere è farlo in modo che veda che hai più fegato di lui. Poi vedremo come usciremo da questo vespaio dove siamo arrivati, e se non gli scrivi così, ti giuro che ho lasciato la tua bocca, con i miei pugni, peggio di come l'ho lasciata a Lowell .

Bud ha maturato molto i consigli di Fred; ma finì per rendersi conto che aveva ragione e decise di scrivere.

La lettera era un modello di frusta per flagellare gli usurai. Senza mordersi la lingua per dirgli quanto è venuto alla sua immaginazione, ha concluso la lettera, dicendo:

"Bud Raines non ha mai chiesto l'elemosina. Puoi risparmiare quell'anticipo, non lo voglio, e farò o non farò ciò che questo richiede, questo è il mio conto; ma ti avverto, se ti capita di ficcare il naso il ranch Prima che il nostro contratto scada, lo getterò in uno stagno con la mucca più grassa che riesco a trovare legata al collo."

Quella lettera, che avrebbe dovuto ribellarsi all'allevatore, precludeva ogni possibilità di realizzare i suoi piani; Ma era un uomo aggressivo e sperava di trovare una formula che lo avrebbe tirato fuori dai guai.

Il bestiame, magro e povero, non poteva essere venduto. Farlo sarebbe stato folle, perché tutto quello che avrebbero dato per ogni capo era venti o venticinque dollari, eppure aveva bisogno di soldi per ripulire il ranch, pagare la servitù e sostituire i pascoli impoveriti dall'avidità di Lowell.

Tutto il denaro che aveva in tasca era di settanta dollari e cinque centesimi, e sebbene Fred gli offrisse generosamente i trentacinque che aveva, con quella somma non c'era nemmeno una settimana per mantenere gli operai.

Bud aveva bisogno di soldi da qualche parte, come se avesse bisogno di aumentare la sua magra squadra, e si chiedeva come ottenerli.

All'improvviso gli venne in mente un'ispirazione. Oakle gli aveva dato alcune informazioni che aveva quasi dimenticato, e ora, ricordandolo, sorrise ironicamente.

Controllò i suoi revolver per assicurarsi che funzionassero senza riserve e, chiamando Fred, chiese:

"Ascoltami, Fred." Ti piacerebbe essere sepolto nel cimitero di questa bellissima cittadina? L'ho visto ed è magnifico. Riceve pieno sole ed è abbastanza ben curato.

Fred strizzò l'occhio e rispose:

"Non ho fretta di essere considerato un inquilino." Perchè lo chiedi?

"Per averlo saputo." In tal caso, ciao. Ti lascio a capo del ranch, e se non torno, beh... beh; Visto che non hai impegni, puoi mandarlo all'inferno.

Fred la prese per un braccio ed esclamò furiosamente:

"Vieni qui, pezzo di culo." Dove stai andando?

"Non preoccuparti. Questa è la mia cosa.

"Ascolta. Visto che pensi di metterti in un pasticcio dove devi fare storie e non contare su di me, ti giuro che non te ne vai di qui, perché ti mando a dormire per un mese con un pugno.

"Non preoccuparti. Non ci sarà rissa. Ci saranno scatti e contendenti al censimento dal Whitebills Cemetery. Quello non ti si addice.

"Beh, quella cosa di me che non vado, lasciamo perdere. Mi piacciono di più i pugni, ma se c'è chi digerisce meglio il piombo, perché non dargli quel sapore? Di cosa si tratta?

"Circa duemilacinquecento dollari."

"Hai intenzione di rapinare un ranch?

"No, ma lo sceriffo mi ha assicurato che in una bisca in questa città bucolica per l'eccellente fuorilegge Ray Garson, che ha rubato cinquecento capi di bestiame a Ben." Quella cifra, a cinquanta dollari, significa venticinquemila. Ray gioca duro alla bisca, e gioca perché ha l'oro dall'allevamento del bestiame. Abbiamo bisogno di duemilacinquecento dollari e ho pensato che l'unico obbligato a fornirli sia Ray.

"Nient'altro che quei soldi di merda? No, figliolo, non ne sono soddisfatto. Devi allentare i venticinquemila, più le entrate, e se non lo fai, ti sbatterò la pelle a terra.

"Sbarazzati di quell'idea, Fred." Non ci saranno pugni. Ci saranno colpi e grasso. Ray non è solo; È accompagnato da tre o quattro uomini armati di primo piano e dovranno sparare velocemente e bene. Ti fa?

"Facciamo un po' di prove". Sai che ancora non sparo come te; Ma se mi lasci i tre o quattro uomini armati e ti dedichi a Ray, penso che la cosa si possa risolvere in modo netto.

"Beh, cammina." Oggi è sabato e il locale sarà pieno. Fammi iniziare la domanda e non guardare Ray quando prendo parte al gioco. Dai un'occhiata ai suoi uomini armati e spara prima di pensarci.

"Essere d'accordo. Stiamo andando laggiù.

Entrambi scesero in città, non molto affollata, ma poiché ospitava elementi piuttosto dubbi, sempre possessori di denaro illecito, e cow boy disposti a esporre la loro paga per vincere l'oro, il business del gioco era piuttosto occupato a Whitebills.

L'importante era sapere dove si era fermato Ray; ma Rufus Harma li ha chiariti dai dubbi, indirizzandoli a "The Gold Nugget", situato nella via principale.

Quando entrambi raggiunsero la strada polverosa e si fermarono davanti allo stabilimento, notarono che era piuttosto affollato. Più di una dozzina di cavalli erano chiusi vicino al portico, e dall'interno proveniva il mormorio ovattato di conversazioni rumorose, risate forti e maleducate, le imprecazioni di alcuni ubriachi e tutta la gamma di suoni tipici di un simile stabilimento.

Bud, con la mano sul fianco, aprì la porta ed entrò, seguito da Fred, che sembrava nascondersi dietro di lui. Il locale era velato da una fitta cortina fumogena che rendeva difficile distinguere la clientela.

Bud stava insieme al bancone, studiando la topografia del terreno, e Fred osservò i clienti più vicini alla porta.

All'improvviso, osservò che uno inclina in avanti l'orlo del cappello e poi lasciò il suo posto, guadagnando furtivamente la porta. Mentre lo faceva, Fred si ricordò dei lineamenti del fuggitivo e, avvicinandosi all'orecchio di Bud, disse...

"Non fare ancora niente, aspettami." Ho intenzione di risolvere una questione urgente; Torno subito.

Bud cercò di chiedere spiegazioni, ma senza successo, perché Fred aveva già vinto il fairway, scomparendo inghiottito dall'oscurità.

Bud si irrigidì, chiedendosi quale faccenda avrebbe costretto il suo amico a lasciare la taverna in un momento così critico; ma, armandosi di pazienza, attese.

Poco dopo arrivò dall'esterno l'eco di una detonazione, che sebbene costringesse tutti a girare istintivamente la testa, non spinse nessuno ad uscire per vedere cosa stava succedendo e due minuti dopo riapparve Fred accendendosi la pipa.

"Dove diavolo sei andato? Bud chiese piano.

"Per fornire un antidolorifico nervoso per un tipo che era un po' fuori di testa." Per fortuna sono arrivato in tempo e il pover'uomo non ne soffrirà più.

"Allora... quel colpo..."

"Era l'unico antidolorifico di cui avevo bisogno." Era uno dei ranch peon, che, vedendoci entrare, si precipitò fuori, senza dubbio per andare in cerca di rinforzi e tenderci una trappola. L'ho visto puntuale, l'ho seguito e... prima ancora che avesse pensato di estrarre la pistola, gli ho somministrato la dose. Ora puoi iniziare la danza quando vuoi.

"Grazie, Fred." Sei un uomo meraviglioso.

"E un corno! Dimmelo tu, se puoi, quando questa celebrazione finisce. Ah! ... Riguardo a quello che mi hai detto sulla tomba ..., se necessario, allora assicurati che il sole gli dia bene. Sai che ho molto freddo.

"Farò installare una stufa, non preoccuparti." Ora fai attenzione.

Avanzò dolcemente attraverso lo stabilimento, finché raggiunse una porta che conduceva a una grande sala riservata al gioco d'azzardo. C'era un tavolo con una roulette e, un altro, dove si giocava il faraone, ei punti formavano un buon nucleo.

Bud non conosceva Ray e doveva scoprire chi fosse, ma sperava che qualcuno lo chiamasse per nome, il che sarebbe bastato.

Sul tavolo del Faraone, infatti, scolpiva un individuo alto e flessibile, sui quarantacinque anni, con gli occhi d'acciaio e le mani ruvide e callose. Indossava due enormi "Colts" alla cintura che si schiantavano sul tavolo ogni volta che si muoveva, e aveva davanti una buona quantità di monete d'oro.

Qualcuno ha chiamato per richiedere una scommessa non pagata e Bud ha sorriso. Il banchiere era Ray ed era una fortuna che lo fosse, perché vista la sua postura a tavola, era in una pessima posizione per estrarre rapidamente le armi, forse perché, fidandosi del suo manifesto di uomo terribile, non sospettava nemmeno lontanamente che qualcuno potrebbe tentare qualcosa contro di lui.

Bud non ha fretta. Aveva scoperto il fuorilegge,   ma aveva bisogno di localizzare i suoi tutori e questo richiedeva un certo studio.

Ma non ci volle molto per scoprirne alcuni. Tre individui, dall'aspetto più sospettoso degli altri, si sono aggirati attorno al sicario, come se avessero paura che qualcuno si allungasse e prendesse il posto della panchina.

Bud ha dato un'occhiata a questo. Dalla quantità di monete impilate calcolò che superava la quantità che aveva indicato, e per evitare che potesse diminuire in qualche mossa sfortunata, si preparò ad agire.

Fece l'occhiolino a Fred, che si nascondeva dietro di lui, e io mormorai:

"Mi sembra che quei tre...

"Non seguire; mi hanno dato la puzza. Preoccupati per i tuoi, a quelli ci penso io.

Riparatosi nel corpo di Bud, estrasse i revolver, li nascose nelle maniche della giacca e si mosse alle spalle dei tre sospettati.

Poi sorrise beatamente e sospirò.

Bud, che era riuscito a farsi strada verso il tavolo occupando una posizione strategica, mise una mano sul davanzale e quando il gioco che era in sospeso fu terminato, estrasse rapidamente i suoi due revolver, li presentò al tavolo e gridò:

"Un momento! Ho qualcosa da dire al signor Ray.

Cercò di alzarsi per estrarre la rivoltella, ma Bud se la puntò al petto dicendo:

"Non muoverti, potresti farti male." Sono di 45...

Il fuorilegge, diventato color oliva, rimase teso, ma qualcuno gli mise le mani sulla vita. Tuttavia, non toccarono nemmeno le armi, perché una voce dietro di loro gridò:

"Fate attenzione, signori, soffrirete di nefrite se fate una mossa sbagliata."

Un'enorme tensione paralizzava tutti i respiri. I puntini immaginavano che sarebbe successo qualcosa di tragico, ma non avevano idea di cosa.

Bud esclamò dolcemente:

"Signor Ray, qualche mese fa lei ha ritenuto opportuno prendere dal ranch "Cruz Alta", di proprietà allora del signor Ben, e oggi di sua nipote, la signorina Nancy, cinquecento capi di bestiame, che a cinquanta dollari si sommano a venticinquemila. Poiché questo denaro appartiene a quell'oggetto ed è di proprietà della persona che rappresento, ne terrò conto e in un'altra occasione tornerò alla ricerca del resto.

Ray, stupito, rimase teso per un momento non sapendo quale decisione prendere. Delle tante cose strane che sperava potessero accadergli nella vita, questa era la più strana di tutte e la sua mentalità ottusa non riusciva a trovare una via d'uscita.

Ma il rispetto per se stesso di uomo con una rivoltella alla cintura, non gli permise quell'umiliazione e, veloce come un fulmine, decise cosa avrebbe dovuto fare.

Si sprofondò materialmente nel sedile per mettersi al riparo sul tavolo e rubare il corpo ai proiettili, riuscendo a sparare da sotto il tavolo, e lo spinse in avanti; Ma Bud, aspettandosi qualcosa di simile, approfittò della sua posizione eretta e protesa in avanti per far avanzare il revolver con la sua velocità particolare, e il colpo colpì il fuorilegge in testa, senza dargli il tempo di sparare. I suoi tre compagni, disdegnando il pericolo che la presenza di Fred rappresentava per loro, uno di loro si gettò su di lui, pronto a disarmarlo. Due colpi consecutivi interruppero l'azione dei due più vicini, ma il terzo ebbe il tempo di estrarre l'arma per fare fuoco.

Sebbene il colpo provenisse dal suo revolver, era troppo basso, perché Bud era stato veloce nel bersagliarlo mentre osservava la sua manovra.

I tre uomini armati, caduti a terra, si sono arrampicati cercando di continuare il combattimento; ma Fred ne disarmò uno con un calcio e schiacciò la bocca dell'altro, mentre Bud finì con un colpo al terzo.

Il panico colse i clienti, che si precipitarono fuori dalla sala da gioco, dirigendosi verso la taverna temendo che qualche proiettile vagante potesse trovarli sul loro cammino, e Bud e Fred si ritrovarono padroni della stanza.

L'oro era rotolato sul pavimento quando il tavolo era stato rovesciato da Ray, e Bud era scrupoloso nel prendere più di quello che apparteneva al bandito; Ma quando ha dovuto prendere una decisione, ha fatto un rapido conteggio di quanto poteva raccogliere, $ 4.221 in tutto. I punti segnati erano relativamente bassi e, facendo un calcolo mentale, ha lasciato 1.221 dollari sul tavolo.

Poi guardò nella taverna ed esclamò:

"Signori, non voglio niente che non mi appartenga." Lascio 1.221 dollari a ciascuno per assumere la posizione che avevano preso. Se qualcuno pensa che manchi qualcosa, chiedilo prima di andare.

Notando che nessuno stava decidendo, Fred si fece avanti, invitandoli:

"Per favore, uno per uno." Tu, quanto ci hai messo?

"Cinque dollari.

"Come quelli. Altro. Tu, quanto?

"Sette dollari.

Quando tutti avevano marciato, erano rimasti 55 dollari. Fred, come a un'asta, ha chiesto:

"Fai gioco! Non manca nessuno da reclamare?

Poiché nessuno protestava, continuò a dire agli altri:

"Bene, signori, grazie mille." Il resto è nostro. Poi, lanciando dieci dollari sul bancone, avvertì:

"Per alcune ghirlande di sempreverdi." È abituato alla casa.

E si diresse deciso verso la porta.

Bud lo seguì con le pistole pronte e poi, rivolgendosi alla folla stupita, disse:

"Signori, ho proposto di ripulire la regione dai mob in questo modo e ci riuscirò." Avverto che farò un altro raid quando meno me lo aspetto. Ora, se in questa città sono rimaste persone oneste e, soprattutto, uomini che hanno due dita di coraggio e dignità, nel ranch "Cruz Alta", che gestisco io, abbiamo bisogno di manovali che mi aiutino in quel lavoro. Quello a cui si sente alluso, che si presenta domani per chiedere un lavoro.

E chiudendo delicatamente la porta, uscì in strada. Fred, che non si fidava di nessuno, esclamò:

"Sbrigati Bud, affinché queste persone non si rendano conto di quanto sia facile prendere $ 3.155 e provare a imitarci!"

E cavalcando, si allontanarono al galoppo dal comune.

CAPITOLO VII

FRED SANDERS AMANTE LA TEMPERATURA

Il giorno dopo, quando Bud non si era ancora alzato dal letto, fu molto sorpreso di ricevere la visita di Fred.

"Cosa diavolo vuoi, che non mi lasci nemmeno riposare quando sono a mio agio?

"Un modello della tua taglia dovrebbe essere il primo a colpire l'ombelico. Non mi vedi, pronto a scendere ai pascoli?"

"Bene, ma sei tu e non io che devo scendere."

"Bene, ma sei tu che devi ricevere i visitatori." Per favore, vestiti e scendi nel patio. C'è un grande comitato di bambini rondine che vogliono parlare con te.

Bud, molto incuriosito, si gettò dal letto, chiedendo:

"Vuoi spiegarti, accidenti al tuo timbro? Chi sono e cosa vogliono?

"Dicono di essere cowboy e fingono di far parte della squadra".

Bud lo fissò interrogativamente.

"Cosa sospetti, rospo dell'inferno? Credi che siano tipi lanciati dai ladri di bestiame?

"Non sospetto nulla." Sembrano avere facce da bravi ragazzi; Ma non fidarti, che l'inferno è seminato con buone intenzioni.

Bud si precipitò giù nel patio, dove otto ragazzi giovani, robusti, di bell'aspetto, dal viso ridente, stavano rigidamente in attesa a cavallo.

Bud li esaminò con uno sguardo profondo, compiaciuto della sua foto e, avvicinandosi, chiese:

"Cosa volevate ragazzi?

Uno di loro, assumendo la rappresentazione di tutti, esclamò con voce rotta:

"Beh... siamo venuti perché... ci hanno detto che cosa hai fatto ieri sera." "La pepita d'oro" e noi volevamo...

Bud si fece avanti, chiedendo:

"Finisci presto! Vuoi vendicare la morte di Ray?

Il cowboy alzò le braccia al cielo, esclamando:

"Dio ci salvi! Veniamo perché ci è stato detto che hai chiesto uomini onesti e... qualcosa di coraggioso, che sia disposto ad aiutarti e noi... forse possiamo...

"Bassa! Non continuare, che se ti costa così tanto lavoro collegare un manzo da spiegarti, non mi servirai. È vero che l'ho detto. Ho bisogno di pedoni per sostituire i ladri che ho cacciato da qui, ma non voglio che i ladri sostituiscano i pedoni. siamo?

"Siamo persone perbene". Puoi informarti.

"Certo che lo farò." Mi lascerai i tuoi nomi e chiederò allo sceriffo. Se mi risponde su di te... Fred, prendi i loro genitori e lascia che tornino questo pomeriggio.

Fred prese i nomi ei ragazzi se ne andarono, apparentemente molto felici.

"Sembra che non siano fuorilegge", suggerì Bud. Questo pomeriggio lo saprò.

Quel pomeriggio infatti scese con la lista agli uffici dello sceriffo, il quale, appena lo vide entrare, si fece avanti verso di lui con la mano tesa, dicendo:

"Bravo, signor Raines! Mi congratulo con te dal profondo del mio cuore. Hai fatto qualcosa di troppo grande per ammetterlo senza vedere. Credo che con la morte di Ray tu abbia inferto un colpo terribile ai ladri di bestiame.

"Ci credi? Prevedo che ora tutti quelli che sono sparsi in giro si uniranno e proveranno a darmi la battaglia decisiva. Devo essere avvisato e per questo vengo a trovarti.

"Dimmi come posso aiutarti."

"Otto ragazzi sono venuti al ranch chiedendo di unirsi alla squadra". Mi hanno dato i loro nomi e voglio prima assicurarmi che non siano persone sospette. Ecco l'elenco.

Oakle esaminò i nomi e, restituendogli il foglio, disse:

"Penso che tu possa accettarli senza preoccupazioni." Non sono sospettosi, anche se non credo che siano tutti dei grandi cowboy.

"Non mi interessa. Impareranno. Per insegnare loro, anche con i pugni, ho un caposquadra che è meraviglioso, dando lezioni con i pugni. La cosa principale è che puoi fidarti di loro.

"Sì, e alcuni si vantano di ometti."

"Ora, un ultimo favore; ho bisogno di una cameriera per il ranch, ma preferirei un macerie quando si tratta di bellezza. Non voglio pasticciare con le gonne lì.

"In tal caso posso consigliarti Ketty Grahan." È una donna sulla cinquantina, brutta come una colica, ma pulita, laboriosa e agile. Viveva con suo fratello, morto da poco, e ha bisogno di lavorare.

"Bene. Mandala lì domani.

Bud lasciò gli uffici e, per approfittare del tempo, fece visita a vari artisti del villaggio. Il falegname, un pittore, due muratori e un idraulico. Era ostinato nel far pulire e ristrutturare rapidamente il ranch e non voleva perdere tempo.

Nel pomeriggio tornarono gli aspiranti braccianti, furono ricoverati e mandati al pascolo con Fred. Questo sarebbe incaricato di addestrarli nel caso in cui abbiano bisogno di una lezione per iniziare a conformarsi moderatamente.

Quella notte, quando il caposquadra tornò dai pascoli, stanco di dare lezioni ad alcuni operai alle prime armi, salì nella stanza che Bud gli aveva assegnato, e uscendo dalla stanza, dopo essersi cambiato d'abito, inciampò nell'uscire con Ketty. , la nuova cameriera.

Fred si strofinò più volte gli occhi per convincersi che quella era una donna e non una copertura, e quando ne fu sicuro, corse come un pazzo nell'ufficio di Bud, penetrandolo come un turbine:

"Ei, tu; pezzo di culo! Vuoi che muoia di paura?

"Perché?

"Ma hai avuto il coraggio di assumere quel relitto umano come domestica?" Hai mai creduto che questo sia un circo? Ma per quanto riguarda l'estetica, Bud? ... E dove hai lasciato il tuo senso dell'ornamento e l'amore per le Belle Arti?

"Senti, Fred, vai a cena e non disturbarmi." Cosa volevi, che un angelo caduto del cabaret ti assumesse per il tuo conforto? No, figliolo, qui deve prevalere la formalità, altrimenti tutto andrà a rotoli.

Fred, gettando fuoco dai suoi occhi, gridò:

“Quelli ci hanno? È perché sei ostracizzato, pensi che il resto di noi soffrirà lo stesso male? Bene, ti sbagli, te lo dimostrerò.

E molto arrabbiato, scese nella sala da pranzo, dove si erano già riuniti i peoni, loquace e gioioso, commentando il giorno del suo debutto al ranch.

Per diversi giorni, gli operai hanno lavorato alla decorazione della hacienda a marce forzate. Bud voleva farla finita in fretta in modo da poter fare affari senza preoccupazioni.

Una notte, poco dopo il ritorno della mandria dai pascoli, dal corridoio giunse alle sue orecchie una serie di strilli e di rimproveri, e quando allarmato lasciò la sedia per uscire ad indagare sulla causa, irruppe nella stessa Ketty, la , che, con gli occhi spalancati, ansimando e tutto soffocato, cercava protezione in lui balbettando

"Per favore, signor Raines, tenga stretto quel pazzo."

"A chi?

"Al suo caposquadra." Oh signor Raines! Non sai... Lui è un selvaggio... e io... io sono una donna perbene...

In quel momento, Fred, molto serio, con una faccia in cui sembrava ardere una fiamma di resti di papavero, entrò nell'ufficio, dicendo molto seriamente:

"Dai, Ketty, non essere pudica." Sai che sono follemente innamorato di te, e sono un uomo molto importante in questo ranch per disprezzare il mio amore.

Bud lo fissò con occhi spalancati, non sapendo se scoppiare a ridere o lanciargli il calamaio in testa, ma reagendo, spinse la cameriera spaventata fuori nel corridoio, dicendo:

"Ignorala, signora Ketty." Fred ama molto fare scherzi. Imparerai a conoscerlo.

"Ma... voleva baciarmi!"

"Non lo metto in dubbio. Mi ha detto che gli ricordi molto la sua povera nonna, e questo lo rende sentimentale.

La brava signora lasciò l'ufficio sospettosa e Bud, di fronte a Fred, esclamò seccato:

"Dai, Fred, sei troppo vecchio per questi scherzi!"

"Che battute o che bacche cotte! L'amore è cieco! Mi stai spingendo negli orribili abissi dell'amore antidiluviano, e io...

"Vattene da qui, falso! urlò Bud, minacciandolo. E ascoltami bene; Mentre proverai di nuovo quei trucchi per far lasciare il posto a quella donna infelice, ti giuro che ne cercherò un altro più vecchio e più orribile, per vedere se davvero muori di paura.

"Va bene. È questa la tua sfida? Ebbene lo accetto.

E se ne andò con dignità, ridendo tra sé e sé del brutto momento in cui aveva fatto passare l'infelice cameriera.

Giorni dopo, il ranch era stato trasformato. La pulizia e l'arredamento avevano sostituito lo sporco e l'incuria. Le pareti erano bianche come miniere di sale, gli stipiti delle porte dipinti di verde, anche la ringhiera dipinta e rinnovata con vasi e piante che non aveva mai avuto. Le finestre avevano le tende; i letti, i vestiti nuovi ei mobili avevano acquisito una nuova patina, grazie alla vernice usata su di essi.

Bud aveva fatto dipingere di verde chiaro una delle stanze con le finestre a sud. C'era stato installato un bel letto allegro in noce con tutte le nuove attrezzature, oltre a un lavandino in pino, un tavolino e un mobile a luna smussato. Una zanzariera copriva il letto per proteggere dai parassiti le notti di mezza estate.

Bud si era riservato questa importante riforma, ma Fred, indagando su ciò che era stato fatto, lo trovò scioccato.

"Sei diventata una damigella d'Oriente per prenotare questa sala birria? Chiese stupito.

Bud, arrossendo, urlò:

"Zitto, ficcanaso dell'inferno! Non devo darti spiegazioni.

"Era quello che avevo bisogno di vedere! Fred brontolò. Un uomo che afferma di essere venuto al mondo con la "Colt" in mano, impaurito dalle zanzare! ...dove hai nascosto il portacipria e il rossetto?

"Vuoi stare zitto e andare all'inferno?

"Non ne ho voglia, e adesso me lo dici e me ne vado! Io servo uomini interi, non metà, signore.

Disperatamente Bud allungò il pugno e lo lasciò cadere sulla fronte di Fred. Si arrampicò, colpendolo dritto al petto, e i due si picchiarono l'un l'altro lungo il corridoio, finché non finirono nell'ufficio di Bud, dove cadde sul divano con un bel pugno.

"Al diavolo te! Fred ruggì. Il conto, subito!

"Vattene, o ti sparo e ti distruggo, pezzo di culo! Non hai capito che ho preparato quella stanza per il giorno in cui mi sposerò?

Fred scoppiò a ridere, dicendo:

"Chi hai intenzione di sposare, con quella strega che hai portato come domestica? Ecco perché ti sei sentito geloso del fatto che facessi l'amore con lei. Poiché non è con quello, prevedo che non ti sposerai ...

Non è riuscito a finire la frase. Dovette alzarsi in piedi, sbattendo la porta per evitare di prendere il calamaio che Bud le aveva lanciato dall'altra parte del tavolo.

Fred non è apparso davanti a Bud per due giorni. Quando tornava dai pascoli, cenava con i peoni e poi si ritirava tranquillamente nella sua stanza senza scambiare una parola con l'amico.

Ma questo non gli prestò attenzione. Aveva cose più importanti di cui occuparsi e sapeva che la rabbia del suo supervisore era più simulata che reale, senza dubbio per cercare di preoccuparlo.

Bud soffriva di varie ossessioni, che erano quelle che lo tenevano sveglio. Uno era la possibile acquisizione di alcuni terreni adiacenti al ranch, che potevano portargli vari profitti. Un altro, per aumentare i suoi pascoli in proporzione che gli permettesse di avere un maggior numero di bestiame senza preoccupazioni; poi assicurare loro l'acqua, perché vi scorreva un magnifico ruscello che un giorno avrebbero potuto disputare se qualcuno fosse andato avanti per acquisire la terra e, infine, proteggere molto meglio il loro bestiame, poiché il lembo di terra aveva una barriera naturale di aspri pendii, che servirebbe a recidere l'eventuale azione dei ladri di bestiame.

L'altra ossessione andava di pari passo con questa, poiché entrambe potevano completarsi a vicenda. Fu che, durante una delle sue lunghe passeggiate a cavallo intorno alla sua fattoria, aveva scoperto tra i canyon, canyon e anfratti delle montagne vicine, dei cavalli allo stato brado, e si diceva che, se fosse riuscito a catturarli e ad addomesticarli , il profitto che la sua vendita gli procurava, poteva essere utilizzato per acquistare il terreno confinante e ampliare il numero di capi di bestiame, dando improvvisamente maggior valore al podere, senza dover sborsare soldi che non aveva, o aspettare mesi e mesi che il il solo business produrrebbe quell'utilità problematica per espandere il business.

Bud aveva tenuto per sé la scoperta e non voleva riferirla al suo caposquadra finché non avesse avuto tutti i dati necessari per un'impresa di successo. Se davvero esisteva un buon branco di stalloni selvaggi, voleva convincersene, studiare i luoghi che frequentavano, osservare il terreno solo per rendere pronta quella problematica utilità di allargarsi, procedere alla cattura.

Questo lavoro gli consumò molte ore di navigazione e osservazione, finché un giorno tornò al ranch in trionfo. Sapeva tutto ciò di cui aveva bisogno e pensava che la compagnia fosse abbastanza facile. Aveva scoperto che i cavalli stavano scendendo ad abbeverarsi in una pozza racchiusa tra le scogliere. Questa ridotta aveva una stretta uscita ad est e l'ingresso sul lato opposto. Se l'uscita fosse chiusa e fossero vessati dall'ingresso, sarebbero lasciati rinchiusi in un grande recinto naturale, dove collegarli non sarebbe cosa umana.

Il giorno in cui terminò le sue osservazioni era sabato e quando, a tarda notte, tornò al ranch, decise di chiamare Fred e di dargli un resoconto del suo progetto.

Era sicuro che il pignolo caposquadra sarebbe stato felicissimo della scoperta e, avendo una grande passione per i cavalli, sarebbe stato un aiuto entusiasta nella loro cattura e addomesticamento.

Ma quando mandò a chiamare Fred, gli dissero che si era vestito di tiri lunghi ed era sceso al villaggio insieme alla squadra.

Bud, di cattivo umore, si rassegnò a rimandare i suoi piani a lunedì. Non poteva costringere il suo caposquadra a vivere in costante veglia nel ranch e gli dava il diritto di divertirsi come qualsiasi uomo al suo comando.

Si prese il tempo di maturare i suoi piani, disegnò uno schizzo del terreno, segnando il luogo della trappola, dove doveva essere chiusa e il luogo dove avrebbero stazionato per molestare il gregge, e, stanco, si ritirò a dormire.

La domenica è stata noiosamente trascorsa a cavallo e siamo andati a letto relativamente presto, in attesa del lunedì per l'eccitante caccia.

Quella notte, e a notte fonda, il cuoco, che dormiva in un capannone vicino alla palizzata, si svegliò di soprassalto quando udì sbattere violentemente la porta e, preso il revolver, come gli aveva ordinato Bud, si avvicinò alla porta. . e, prima di aprire, ha chiesto:

"Chi và?

"Apri ora, zoppo dal diavolo! gridò la voce trasandata di Fred. Non conosci il braccio destro dell'imperatore di questo ranch?

Bill rimase un po' sorpreso quando sentì Fred. Era la prima volta che lo vedeva ubriaco, ma fu veloce nell'eseguire l'ordine.

Quando aprì la porta, rimase profondamente sbalordito. Qualcun altro stava cavalcando il cavallo di Fred e, a giudicare dalle forme, era una donna.

Fred mise il cavallo nel cortile e, smontando da cavallo, esclamò:

"Aspetta un po', Regina dell'Ovest, ora ti preparo un alloggio degno della tua regalità."

Bill fissò l'Amazzone e fece un gesto costernato. Era una ragazza giovane e molto dipinta, con indosso un abito tra i più frivoli che si possa dare, e il peone non esitò a classificarla tra gli avventurieri che prestavano servizio nelle bische della città per rallegrare la vita dei peoni.

Fred la prese tra le braccia, smontandola come una piuma e, legandola alla vita, disse:

"Vieni da questa parte, pezzo di paradiso." Faremo una sorpresa all'orco barbuto di questo maledetto ranch e gli mostreremo che anche Fred Sanders ha un gusto squisito per la scelta delle fanciulle. Stanotte dormirai nella stanza più regale di questo palazzo... Ecco!

Bill ha cercato di mettersi in mezzo, ma Fred ha urlato con rabbia:

«Vattene di qui, diavolo zoppo, o ti do un colpo che rovinerà l'altro remo!

Bill si arrese prima del suo atteggiamento, e Fred, trascinando la ragazza che sembrava un po' perplessa, la fece salire le scale, fino a raggiungere il piano superiore, dove Fred aveva la sua camera da letto.

Si fermò alla porta di Bud e, picchiandola ferocemente, urlò:

"Ebreo dell'inferno, alzati e apriti, ti farò la più grande sorpresa della tua vita!

Bud si svegliò di soprassalto per i colpi e le urla di Fred e, infilandosi i pantaloni, uscì nel corridoio.

Il giovane rimase come uno che ha delle visioni quando si trovava di fronte a Fred, che era costretto ad appoggiarsi alle pareti per mantenere l'equilibrio, e ancor di più quando osservava la ragazza, che lo guardava con gli occhi sbarrati.

Bud, furioso, si voltò verso il suo caposquadra, urlando:

"Ma sei impazzito, Fred?"

"Pazzo? Sì, naturalmente. Pazzo d'amore. Lo vedi? Cosa hai da dire su questo angelo in abito da sera? Non ti piace? Cosa c'è di più bello di quel grottesco che ci hai portato per rendere amari i nostri occhi? Bene, guardalo bene, ma niente di più, perché è solo per me. Ecco... la installerò qui come una principessa per la mia unica ricreazione e in questo momento mi darai la chiave di quella gabbia dorata vuota che hai, perché per chi meglio di un angelo come Questo?

Bud, fuori di sé, avanzò verso di lui con i pugni chiusi e ruggì:

"Quello che sto per darti è un pugno in quella bocca da rospo che hai così puoi imparare a bere."

"Per me? Prova e vedi come...

Non ha avuto il tempo di dire di più. Bud allungò il pugno, afferrando Fred sul mento, che crollò come un fagotto.

La ragazza emise un grido di orrore; ma Bud la rassicurò dicendo:

"Non allarmarti, non c'è niente che non va. È l'unica cosa di cui aveva bisogno per farle dormire quei sogni di grandezza amorosa che le sono entrati improvvisamente, e quanto a te, mi dispiace molto, ma non posso accoglierti in questo ranch. Ci sono solo uomini qui che hanno abbastanza del loro temperamento da non aver bisogno di stimolanti.

Protestò angosciata per la presa in giro di cui era stata oggetto; ma Bud, inflessibile, la spinse verso le scale e chiamando Bill le ordinò:

"Ecco, Bill, dai a questa signorina quei cinque dollari per consolarla del viaggio e mettili delicatamente sul cancello del recinto."

Bill obbedì all'ordine nonostante le sue proteste, e quando la lasciò dall'altra parte della porta, andò a dormire, chiedendosi cosa sarebbe successo il giorno dopo quando si sarebbe trovato di fronte al caposquadra, libero dai fumi del caposquadra. alcol.

A Bud non importava del suo caposquadra. Lo lasciò dov'era e si ritirò nella sua stanza, abbandonandosi al sonno.

Quando si alzò molto presto, era ancora lì, e prendendo un secchio d'acqua molto fredda dal catino del patio, se lo gettò in faccia senza alcuna contemplazione, costringendolo a saltare come un molo.

Fred, grondante d'acqua, tremante per lo shock e con gli occhi spalancati per la sorpresa, fissò Bud, senza capire cosa stesse succedendo, finché, reagendo, si arrabbiò e gridò:

"Cosa stai facendo, pezzo di culo? Cosa pensi che io sia? Qualche rana assetata?

"Quello che sei è un ubriacone senza vergogna, e nel mio ranch non voglio ubriaconi." Preparati e vai a preparare i bagagli, esci di qui.

C'era una tale serietà nel volto di Bud che Fred, allarmato, esclamò:

"Ma Bud, sei impazzito?" Cosa ti ho fatto per farmi trattare così?

"Cosa mi hai fatto? Pensi che possa tollerare la scorsa notte?

"Ma cos'era ieri sera?"

"Non ti ricordi che sei venuto ubriaco come una botte, con addosso un angelo di non so che diavolo di schiena e hai cercato di ospitarlo in nient'altro che nella mia camera d'oro, come chiami la mia stanza privata?

Fred lo guardò sbalordito e balbettò:

"L'ho fatto, Bud? Giurami che ce l'ho! Ma credevo di aver sognato che...

"Smettila! Se vuoi allestire un harem, trova una bisca in città e lì sarai la regina. Non qui.

Fred era devastato. Non ricordava più l'ammollo né si rendeva conto che stava tremando come un cane appena nato.

"Oh, Bud! Egli ha esclamato. Giuro che non so niente di quello che mi dici. Non capisci, ovviamente. Un uomo è un uomo. Devi alternare quando si presenta l'occasione. Chiunque può bere un altro bicchiere. Poi amore... Tu sei un anacoreta per questo, ma io..., io sono un uomo e...

"Vai all'inferno, brutta bestia! urlò Bud, rendendosi conto che se avesse continuato così a lungo, si sarebbe preso la polmonite.

"""Bene; dal momento che lo vuoi, sia. Andrò. Il mio unico rimpianto è lasciarti sola per il mondo... Chi scuoterà meglio e più elegantemente di me il tuo camoscio?

"E chi ti sparerà alla bocca se non me, se ci vuole molto tempo per scomparire dalla mia vista? urlò Bud, spingendolo giù per le scale.

"Bene, ok, orco." Beh, non pretendi poco perché ti hanno regalato la parodia di un ranch! Se alla fine della giornata otterrai quello che io...

"Tu vai? gridò Bud, fuori di sé.

"Sì, amico, sì, vado." Ma verrai a cercarmi e non mi troverai. Sono il miglior caposquadra di tutto il West, anche se non vuoi. Ah! ... e il più bello. L'hai già visto. Le donne sono sorteggiate su di me. Invece, tu... tu sai solo sparare colpi e uccidere uomini armati. Bah! Una vita come la tua fa schifo!

Bud tirò uno dei suoi stivali e glielo lanciò in testa; ma Fred schivò il colpo e scese rabbrividendo e ridendo per gli accessi di malumore del suo compagno.

CAPITOLO VIII

VENTICINQUE MAIS

Fred ignorò l'ordine di Bud, e andò al pascolo, sicuro che avrebbe passato quel periodo nero, e Bud ne fu contento, perché in fondo non nutriva rancore verso Fred, sapendo che non era un uomo. amante del bere.

La sera, quando tornò, andò direttamente nell'ufficio di Bud e disse molto seriamente:

"Ebbene, vecchio amico; spero che tu abbia passato la basca e che tu mi abbia perdonato per quell'ultima notte. Adesso ti giuro che è stato un imprevisto e che non accadrà più.

"Va bene. Voglio credere che sia così e lo do per scontato. Ora ascolta. Domani mattina ho bisogno delle otto pedine migliori da cavalcare. Ho qualcosa tra le mani che è formidabile.

"Di cosa si tratta? Chiese Fred, incuriosito.

"Dalla caccia a poco prezzo, due dozzine di magnifici cavalli selvaggi."

"Per l'inferno! È davvero così, Bud?

"Come ti dico.

"Bene, parlami della tua scoperta." È fantastico, Bud!

Si rese conto di quanto stava osservando e gli mostrò il piano che aveva disegnato per la caccia. Fred, con gli occhi fiammeggianti, lo studiò.

"Bene, ragazzo", disse. Se prendi quelle due dozzine di stalloni, sei salvo. Quando vengono addomesticati, possono valere molto bene dodicimila dollari.

"Ho calcolato che e con quei soldi compreremo i pascoli adiacenti ai nostri, assicurandoci l'acqua per l'estate.

"Buona idea, Bud." Mi sembra che colpiremo quel vecchio avaro con l'attizzatoio sulle nocche.

"Non facciamo progetti, Fred ha bisogno dei cavalli."

"Noi." Ma prima devi mettere al sicuro la trappola. Fammi chiudere l'uscita a mio piacimento.

Fred marciò il giorno successivo verso il luogo indicato da Bud e esaminò il terreno. Il giovane non si era sbagliato e la trappola poteva essere magnifica.

Con l'aiuto di due operai, abbatté alcuni alberi robusti che inchiodò al suolo, poi attraversò quelli più magri. Inoltre, ha preso dei pezzi di filo dai magazzini e ha rivestito le fessure, e infine ha fabbricato delle staffe che hanno assicurato la trappola contro un tentativo di rottura tenendola dall'esterno.

Due giorni dopo, Bud, Fred e otto peoni lasciarono il ranch prima dell'alba e presero posizione per aggirare il terreno dove sarebbero apparsi i cavalli. Ben nascosti e posizionandosi a favore dell'aria per non essere scoperti dai bei nasi degli stalloni, attendevano pazientemente con i lacci legati alle selle.

Verso le undici del mattino apparve un bellissimo esemplare, bianco come la neve. Annunciò il loro arrivo facendo sbattere i suoi possenti zoccoli sullo scisto e tutti si precipitarono a coprire le teste delle loro cavalcature per non essere denunciati.

Il cavallo raggiunse l'estremità di una rampa e si fermò come una statua, scrutò l'aria inquieto, ma non disse nulla perché le pedine si erano posizionate in modo che non potesse portargli il loro profumo.

Silenzioso, sembra, emise un nitrito acuto che echeggiò come il vibrare di una tromba attraverso le cavità delle scogliere e, poco dopo, il galoppo di una mandria che martellava l'ardesia del sentiero come un tuono che si avvicina, finché, Apparvero ammucchiati, spingendosi furiosamente l'un l'altro e scrutando l'aria con disagio.

Bud e Fred, che stavano insieme, si scambiarono una silenziosa ammirazione alla loro vista. Erano tutti magnifici e c'erano neri, come la notte, baia, bianchi, bianchi, dipinti, con macchie stravaganti e di varie altezze.

Bud dovette mordersi il labbro per restare fermo e non manovrare in anticipo, mentre Fred, con il lazo in mano, sbirciava da dietro una roccia, seguendo il percorso degli stalloni.

"Venticinque! Mormorò. Un altro conto.

Gli animali sono scesi dall'altra parte della rampa e si sono diretti verso lo stagno lungo alcuni sentieri. Questo era in un piccolo burrone e, più avanti, una stretta gola conduceva alla trappola che avevano preparato per metterli alle strette.

Bud aspettò che entrassero nel burrone, le cui altre uscite furono prese dai peoni, e quando tutti furono dentro, lanciò il suo cavallo al galoppo, seguito da quello di Fred e sparò un colpo in aria come segnale per i peoni manovrare.

Il colpo ha rivoltato gli stalloni. Il suo capo allungò le orecchie, nitrì rumorosamente per la rabbia e voltò le spalle, cercando di scappare, ma quando si trovò di fronte Bud e Fred, sterzò e cercò un'altra via d'uscita.

Mentre cercavano i varchi nella gola, apparvero davanti a loro pedine che li pungolavano e gli animali, impazziti, non trovando altra via libera che la gola, vi si gettavano tumultuosamente attraverso, mentre i pedoni li seguivano per evitare la ritirata. Il cavallo, intuendo un pericolo, si voltò ferocemente e quando vide Bud e Fred in mezzo alla vallata, si lanciò verso di loro, cercando di superarli.

Bud, rendendosene conto, preparò il suo lazo e con uno sforzo magnifico riuscì a bloccarlo per il collo, ma questo non bastò e lo stallone, potente, tirò il lazo mentre stava per strattonare Bud di sella.

Il cavaliere spronò il cavallo cercando di farlo correre al galoppo dello stallone, cosa che non era possibile e avrebbe dovuto mollare, se l'opportuno lazo di Fred non fosse caduto su di lui, rinforzando la preda.

Il nobile bruto si difese come una bestia per più di un quarto d'ora, ma, finalmente sconfitto, schiumando dalla bocca e dalle labbra e con gli occhi insanguinati, rimase immobile, come rassegnato al suo destino.

Meglio bloccato, fu portato alla gola dove i peoni, pazzi di gioia; Avevano messo all'angolo l'intera mandria e stavano chiudendo il recinto con potenti tronchi d'albero che erano già stati disposti il giorno prima. Il confino era stato splendido e ora non restava che rinchiuderli uno per uno, trovare loro un posto adatto e procedere con il loro addestramento.

Siccome nessuno aveva sentito parlare di quella magnifica caccia, non correvano il rischio di essere derubati, ma per maggiore sicurezza, due operai facevano la guardia notte e giorno alla trappola, mentre gli altri, nelle ore libere, lavoravano di notte e la lasciavano ridotta al minimo. Fondamentale la custodia del bestiame, costruirono due grandi baracche per ospitarli basandosi su robusti tronchi d'albero, impossibili da abbattere.

Con grandi precauzioni furono trasferiti al loro nuovo confino e una volta lì, Bud, instancabilmente, si dedicò a domarli con l'aiuto di Fred, che per tanti momenti quanti ne ebbe liberi, come tanti altri andarono in caserma, alla ricerca di un cavallo per abituarlo al morso, alla sella e allo sperone Non fu un lavoro pigro, ma nemmeno molto lungo. Divennero tutti docili dopo una mezza dozzina di tentativi per montare la sella e il morso, e solo lo stallone bianco era duro nel dressage, facendo sudare Bud come non aveva mai sudato in vita sua.

Ma, a poco a poco, cedette nella sua ferocia, finché finì per essere il più docile e nobile di tutti.

Quando fu soddisfatto del risultato, disse a Fred:

"Ne avevo ventiquattro e ce n'erano venticinque." Lo darò a Nancy così potrà essere orgogliosa di guidarlo.

"Ma non lo farai prima del matrimonio, vero?" chiese Fred. Attenzione, cosa succede a chi dà il pane al cane di qualcun altro...

Bud non rispose; ma decise di pensare a quando avrebbe fatto il regalo.

Al momento non aveva intenzione di farlo. Old Big non aveva dato più segni di vita dopo quella lettera offensiva e non sarebbe stato lui a abbassarsi a spiegare le sue azioni.

La voce della magnifica caccia effettuata, si diffuse per il villaggio, con grande fastidio di Bud, che si sentì a disagio, e più di uno spettatore sbirciò tra i pascoli per dare un'occhiata e apprezzare il bel lenzuolo di cavalli così eccezionali.

Questo ha dato fuoco a Bud. Voleva che fossero completamente addomesticati per sbarazzarsene, perché il suo cuore gli diceva che avrebbero tentato qualcosa per spogliarlo del suo tesoro.

Le due pedine più determinate della squadra facevano la guardia giorno e notte, e sia lui che Fred li assistevano in questo compito fino a tarda notte; ma, nonostante ciò, li dominava una vivace inquietudine.

Due giorni dopo, il cielo era nuvoloso e, man mano che il pomeriggio avanzava, le nuvole, più fitte, minacciavano acqua.

Bud, irrequieto, chiamò Fred e disse:

"Stasera rinforzeremo la guardia nei capannoni e resteremo anche noi". Temo che questo sia quello di cui approfitteranno per tentare un audace colpo di stato.

Quattro pedine rimasero di guardia. Uno fuori e tre dentro, più Bud e Fred, che si erano armati fino ai denti.

L'oscurità era così fitta che il guardiano non poteva vedere a tre metri di distanza e, anche se si sforzava di aprire gli occhi, vedeva davanti a sé solo un velo nero che cancellava tutto. Era notte fonda quando il peone si preparò la rivoltella. Gli era sembrato di cogliere un tocco che si stava lentamente avvicinando ed era irrequieto e a disagio.

Nervoso, pensò indietreggiando ed entrando nei capannoni per dare l'allarme; ma non volendo lasciare incustodito l'ingresso, esitò un attimo e, infine, anche esponendosi allo scherno, drizzò le orecchie, fissò lo sguardo nel punto dove credette di percepire il tocco, e sparò.

Indubbiamente la fortuna lo ha aiutato, perché lo sparo è stato seguito da un rauco grido di dolore, e subito sono arrivate diverse detonazioni da vari punti, ma intorno ai capannoni.

Il pedone, con un balzo, vinse la porta, e steso a terra a faccia in giù, sparò cercando di impedire che il capannone venisse attaccato, mentre Bud, Fred e il resto delle pedine emersero con i fucili in mano, chiedendo nervosamente cosa fosse successo .

Il pedone ha avvertito:

"Non uscire." Ho sentito qualcuno strisciare e sparare. Devo averlo ferito, perché gemette. Devono essere molti e circondano i capannoni.

Si allargavano come potevano, e attraverso le cavità degli alberi sparavano a casaccio o guidati dal bagliore dei lampi degli assalitori, poiché la densità delle ombre non permetteva di fissare il bersaglio. Fu una lotta alla cieca che durò a lungo. Un proiettile, filtrando attraverso le radure, mise fuori combattimento una pedina, ma gli assediati dovevano essere riusciti a far cadere un nemico, perché avevano colto ruggiti di dolore e imprecazioni intermittenti.

Bud era furioso per non essere stato in grado di distinguere i suoi aggressori o anche solo tentare un'uscita contro di loro e, nel caso gli mancasse qualcosa per sentirsi a disagio, i cavalli, terrorizzati dal fragore delle armi, si agitavano terribilmente nelle loro stalle, minacciando di rompere il ostacoli e causare loro un terribile conflitto.

Infine, la linea vaga dell'alba fu segnata nell'oscurità del cielo, e le ombre, in parte alleggerite, permisero agli assediati di distinguere alcuni fagotti che si preparavano alla fuga quando videro fallito il loro piano di sorpresa.

Bud, impetuoso, non si rassegnò a lasciarli andare senza scoprire chi fossero, e arringando i suoi uomini, esclamò:

"Chi vuole mi segua." A questi ladri bisogna dare una lezione in modo che perdano la voglia di ripetere il gioco.

A cavallo, si lanciò nella valle seguito dai suoi uomini, e i "picchiatori", sorpresi da questa partenza inaspettata, si separarono, cercando di scomparire nelle montagne vicine.

Ma la furia dei suoi aggressori sventò parzialmente il suo piano. Alcuni sono riusciti a sfuggire alle molestie e a scomparire tra le aspre montagne, ma quattro hanno morso la polvere senza il tempo di fuggire.

Bud si era avventato su uno dei fuggitivi, trainato dal suo cavallo sauro a macchie nere. Voleva ricordare dove aveva visto quella strana cavalcatura; Ma, non riuscendoci, pensò che abbattendo il cavaliere avrebbe chiarito i dubbi, e sebbene stesse per essere la vittima, visto che il fuggitivo ha sparato benissimo, è riuscito a piazzare un colpo alla schiena che lo ha scaraventato dal cavallo, rimanendo bloccato nella terra come un rospo.

Quando lo raggiunse e lo voltò per esaminarlo in volto, lanciò un grido di gioia selvaggia:

"Lowell! ... Ah, maledetto scorpione, finalmente sono riuscito a saldare il debito che mi dovevi!

Quando si riunì con i suoi uomini e fu verificata una ricerca, quattro cadaveri fissarono il cielo con i loro occhi vitrei. Erano tutti della vecchia squadra del ranch, e questo dettaglio permetteva loro di presumere che fosse Lowell a organizzare l'attacco.

Trovarono anche vicino ai capannoni il corpo dell'altro rapinatore che era stato abbattuto dal pedone, e Fred, grattandosi la testa, borbottò

"Fai dieci dollari, Bud."

"Così che? Chiese quest'ultimo, perplesso.

"Per altre cinque corone." Sapete già che abbiamo stabilito quell'usanza e non dobbiamo perderla. Due dollari per ogni rospo di questi non è un prezzo male, Bud pagherebbe volentieri due mesi interi per poterlo applicare ad altrettanti sciacalli di questa specie.

"Okay, qui," disse Bud, porgendogli i soldi, "ma stanno diventando rovinosi per me." D'ora in poi abbasso il tasso a un dollaro.

"Non essere cattivo, Bud." Non capisci che se scoprono che sei così cattivo in quell'ultimo tributo si sentiranno disgustati e non vorranno avvicinarsi ai nostri fucili? Se alla fine lo pagherà il tuo fastidioso suocero!

Bud non voleva litigare ulteriormente e si ritirò nei capannoni, dove procedettero a calmare gli stalloni, cosa che richiese molto lavoro.

Una settimana dopo, Bud ha concluso un accordo con un allevatore di Las Vegas, Nevada, e ha rinunciato agli stalloni selvaggi al prezzo segnato di $ 12.111, riservando solo il cavallo bianco, che aveva battezzato con l'impegnativo nome di "Hurricane"..

Quando si trovò proprietario del denaro, negoziò con lo Stato per acquistare il terreno adiacente ai suoi pascoli, e parte del rimanente fu utilizzato per acquisire un punto di puledri, che un giorno presto avrebbe aumentato il valore della proprietà da un bel po'. per cento.

Sebbene Bud credesse a centinaia di leghe di distanza dal conoscere la verità delle sue manovre e delle sue combinazioni per rispettare i termini del contratto e, soprattutto, per dare una lezione di ingegnosità, audacia e aggressività al suo "fastidioso suocero", la verità era che Big era al corrente di tutto quello che Bud faceva, dato che era in stretta amicizia con lo sceriffo di Whitebills, che si preoccupava di tenerlo aggiornato su tutto quello che accadeva al ranch, mandandogli un lettera settimanale di cui Bud non era nemmeno a conoscenza. sospetto più remoto.

E così seppe, oltre che della sistemazione del ranch, della morte del fuorilegge Ray, del salvataggio di quei tremila dollari che gli erano stati tanto utili per salvare la prima buca angosciata che si era presentata, e, più tardi, del suo destino. e astuzia scoprendo il branco di stalloni e catturandoli, come ultimamente dalla vendita di questi e dall'acquisizione di più pascoli e nuovo bestiame da aggiungere al gregge impoverito.

Big si sfregò le mani con gioia mentre osservava l'aggressività e la tenacia di Bud, ma rimase zitto e riservato per le sue notizie. Lo credeva così vanitoso che non avrebbe esitato a fregarsi la faccia del successo ottenuto con la cattura dei cavalli e la vendita degli stessi; Ma i giorni passavano e Bud era ancora stretto come le montagne che racchiudevano il Grand Canyon.

CAPITOLO IX

COME SALDO GEMELLARE UN CONTO IN ATTESA

Una mattina Big, furioso, chiamò sua figlia e mostrandole una lettera che aveva appena ricevuto da Oakle, lo sceriffo, disse:

"Cosa ne pensi di quello sciocco? Dopo non essersi degnato di scrivere una parola o dare un resoconto negli oltre quattro mesi che è stato al ranch, si dedica a camminare come un re con quel magnifico stallone bianco che gli è stato riservato, come se fosse davvero il proprietario di tutto e lo mettiamo da parte come una cosa spregevole. Pensi che dovrebbe essere permesso?

Nancy, che da tempo era infuocata, desiderando l'assenza di Bud, rispose:

"È colpa tua, papà." L'hai trattato come l'ultima pedina del tuo ranch. Lo hai mandato in un'azienda in cui ha rischiato la vita decine di volte, migliorato il ranch, acquisito terreni, bestiame, ecc., tutto senza aiutarlo un centesimo, e ora ti lamenti perché si riserva i suoi successi. Cosa hai fatto per farlo comportare diversamente?

"Ho dovuto interrompere i tuoi voli, Nancy." Lo sai. È un uomo terribile e se un giorno gli metto le ali viene e dice che anche questo ranch appartiene a lui.

"Mi sembra che lo giudichi molto superficialmente." Credo che tutto questo non sia altro che istruzione secondaria. Bud è un romantico sentimentale nel cuore.

"Così romantico che fa l'amore con le figlie di ricchi allevatori e cerca di ricostruire la sua fortuna in questo modo".

"Nessuna sciocchezza, papà." Stai guadagnando ciò che sarà tuo.

"Il tuo? Finché non si mette in ginocchio davanti a me, strisciando, penso che gli rimarrà il desiderio.

"Hai un contratto firmato con lui."

"Vedremo come è stato realizzato alla fine dell'anno". Ho paura che non sia all'altezza.

"Vedremo. Penso che sarà lungo.

"Sei un altro romantico, che vedi in lui solo l'uomo eroico e presuntuoso, i cui successi brillano con la "Colt" in mano. Per ora, poiché sono stanco del trattamento che mi dai, ti scriverò una lettera che ti brucerà i capelli.

"Attento a non rispondere con un altro che ti brucia i baffi e non sai come rispondere. Da parte mia, ti dirò che sono stanco di questa fastidiosa situazione e che ho bisogno che venga chiarita una volta per tutte.

"Bene, bene, chiarirò tutto, e oggi."

E, in effetti, quello stesso giorno scrisse a Bud una lettera che sarebbe stata come una polveriera.

La lettera Bud dovette ripassare due volte per convincersi del suo contenuto così recitava:

"Caro Signore:

"Quattro mesi fa ho riposto in te un'eccessiva fiducia, affidandoti l'amministrazione del ranch di mia figlia Nancy, e questa è la data in cui non hai ancora reso il minimo conto dei profitti, né mi hai consultato nei minimi dettagli su cosa fare o non fare, secondo gli interessi di mia figlia.

"Poiché questo comportamento non è corretto, spero che al più presto mi invii un rendiconto e un elenco delle tue attività per migliorare la proprietà, che dubito molto tu abbia raggiunto, poiché il tuo silenzio è troppo eloquente nel quel senso.

"Lou grande."

Bud proruppe in una tempesta di imprecazioni contro il vecchio allevatore ingannevole e, senza fermarsi a pensare oltre, prese la penna e rispose con la seguente lettera:

"Caro Signore:

"Non posso dire, galantemente, di essere rimasto sorpreso dal tono della tua lettera, perché è l'unica cosa che potevo aspettarmi da te, dopo la tua precedente data di quattro mesi fa.

"Mi chiedi un estratto conto e, siccome è mio dovere darteli, eccoli qui:

"Per lo stipendio di 14 operai per quattro mesi, a $ 61 al mese 3.361

"Per lo stipendio del caposquadra per quattro mesi, a $ 81 al mese ....
     321

"Per lo stipendio del mio manager per quattro mesi, al ritmo di 100

dollari al mese   ....
400

"Per uno stipendio di quattro mesi a un assistente, a $ 20 al mese 80

"Per il mantenimento di 16 persone per quattro mesi, a un ritmo di

16 dollari al giorno 1.920

"Per aver speso 25 corone, a $ 11 per corona, per altrettante

nemici della sua proprietà, che ho ucciso con l'esposizione della mia vita ... 250

"Dollari totali 6.330

"Poiché a quanto pare la sua preoccupazione fondamentale è estinguere questo debito, comprendendo che il suo importo sarà molto necessario per soddisfare le esigenze del ranch, includo questo estratto, sicuro che con il mezzo più veloce a sua disposizione mi invierà tale importo.

"Potresti aggiungere altre piccole spese "i proiettili spesi contro il bestiame nemico di tua proprietà" ma queste possono attendere il saldo finale.

"Nel ricambiare i saluti affettuosi che mi rivolgete, a nome di tutti voi, rimango vostro servitore,

"Rovine Gemma".

* * *

Quando Fred ha sentito parlare di questa corrispondenza offensiva quella notte, è stato indignato fino al parossismo per la viltà di Big, ma ha riso ad alta voce alla risposta dura e meritata.

"Va bene, Bud." E penso che dovresti aggiungere che se da questo giorno il nostro stipendio non aumenterà, andremo in un altro ranch meno avaro.

"Lascialo così com'è, è già servito. Con questa lettera ci sono solo due atteggiamenti: o venire di persona a discutere la questione o scoppiare e ingoiare il contenuto.

Bud aveva ragione, perché quando Big ha ricevuto la lettera, era sinceramente indignato e ha guaito spaventando sua figlia.

"Ma pensi che questo sia tollerabile, Nancy?" Questo è un insulto a tuo padre, al quale non posso acconsentire.

"Cosa volevi che ti mandassi l'oro delle miniere della California?

"No! ... Ma mi ha dato un vero rendiconto e non barare. Dov'è tutto ciò che il ranch ha prodotto e perché non ne sono consapevole?

"Sai dov'è: Oakle l'ha specificato per te." Ha comprato nuova terra, ha comprato altro bestiame, ha sistemato il ranch. Tutto questo è lì. Invece, cosa gli hai dato per le spese perentorie? Nulla di ciò che ha fatto è stato fatto con i nostri soldi.

"E i soldi che hai salvato da Ray? E chi ha prodotto la vendita dei cavalli? È che hai usato tutto in quello che specifichi?

"Forse no; Se lo avesse fatto, non avrebbe più una squadra, né caposquadra, né domestica, perché nessuno lavora senza paga. È vero che ti ha nascosto quei guadagni, che non appartengono veramente al ranch, ma deve averlo reso fastidioso per il tuo atteggiamento.Ai suoi tempi, quando adempirà al contratto, verranno fuori.

"   Sicuro! Devi difenderlo, cosa hai intenzione di fare? Sei più interessato di me... E questo slogan che aggiunge equilibrio? Cinquanta dollari per corone ai morti! ... Si crede che io sia una società di sepoltura filantropica, che devo incoronare tutti coloro che muoiono in quella dannata città?

"Certo che no, bolt tieni presente che si riferisce agli indesiderabili che ha dovuto eliminare per difendere la nostra proprietà.

"Mi piacerebbe vederlo... Cinquanta dollari!... Venticinque corone!" Ma è che si crede che ruberò i soldi per soddisfare la sua brama di uomo assetato di sangue come le iene? Per me, lascia che li uccida; Ma metta nella sua tomba un mazzo di fiori di campo, che sono a portata di mano e non costano nulla. Com'è lussurioso e appariscente l'uomo armato che esce da me!

Nancy, molto divertita dall'indignazione di suo padre, chiese:

"Cosa pensi di rispondere?

"Ciò che intendo rispondere lo riservo." Nei tuoi giorni lo saprai.

"Beh, spero che tu non muoia di ictus con la risposta."

"Lo spero anch'io." Invece potrebbe dover meditare a lungo.

Big insistette per non fornire dettagli su ciò che aveva intenzione di fare, e Nancy, molto divertita dalla risposta di Bud, si preparò a lasciarlo, non senza preavviso:

"Beh, siccome la cortesia non impedisce il coraggio, quando scrivi mi mandi i miei saluti." Non credo ci siano motivi per non inviarteli.

"No, in fondo, forse no, ma nel modo... beh, vedrò cosa faccio."

Quando Big fu lasciato solo sorrise. Sebbene si fosse mostrato con tanto oltraggio, questa non era altro che una maschera. Gli piaceva l'energia di Bud e, soprattutto, la sua ingegnosità dimostrata nell'uscire dalla brutta trance in cui lo aveva messo e il vero valore che stava dando al ranch.

Ma voleva umiliarlo e farlo soffrire prima di dargli sua figlia, e questo credeva di ottenerlo a poco prezzo.

Dopo la partenza di Bud, aveva assunto, su consiglio di un amico, un nuovo caposquadra. Questo era un giovane alto, forte, grasso e robusto, che doveva possedere una forza insolita, e questo sarebbe stato l'unico incaricato di portare la risposta a Bud.

Chiamò il capocantiere nel suo ufficio e, dopo un esame per convincersi che i suoi progetti non potevano fallire, chiese:

"Dimmi, William, ti piacerebbe guadagnare cento dollari?"

"   Accidenti, capo, non te lo chiedi nemmeno!

"Bene, ma devo avvertirti che non lo vincerai solo per essere andato a un rodeo."

"Posso immaginarlo; ma spero che sia qualcosa che posso sviluppare.

"A giudicare dal suo palmo, penso di sì." Si tratta di dare una bella botta a un certo ragazzo.

"Niente di più?

"Niente di più. È ben inteso che non ci dovrebbero essere giochi pirotecnici. La cosa deve essere con un pugno pulito, e se oltre al pestaggio riesci a portarlo in sella al suo cavallo, aggiungerò un centinaio di dollari all'offerta.

"Per quel prezzo lo porto sulle tue spalle." Di chi si tratta?

"Dal mio ex caposquadra, Bud Raines, che ora gestisce il ranch di mia figlia a Whitebills."

"Beh, non credo sia molto difficile batterlo con i pugni, ma dimentichi che Bud è nato con la" Colt "in mano e che se si mette a disegnare, allora...

"""Non è esatto. Devi presentarti disarmato. Digli che sei incaricato di picchiarlo e portarlo al ranch e non uscirai da questo programma. Siate certi che allora, e in nessun caso, Bud sarà un tale codardo da spararvi addosso.

"Ottimo. Bene, subito ci vado. Esorto ad avere quei dollari in tasca il prima possibile.

* * *

Bud trascorse alcuni giorni irrequieti, chiedendosi quale sarebbe stata la reazione di Big dopo la sua lettera e cosa avrebbe fatto se fosse stato trattato in questo modo.

Non era preoccupata per l'atteggiamento del vecchio allevatore, o per ciò che pensava di lui, ma era preoccupata per ciò che il suo atteggiamento avrebbe potuto influenzare lo spirito di Nancy. Il suo silenzio le aveva spezzato il cuore e si chiedeva se fosse stata influenzata dal padre a interrompere i rapporti più stretti o se, infatti, entrambi avrebbero cercato di prenderlo in giro, credendolo un inetto incapace di svolgere il lavoro arduo e pericoloso è stato fatto. imposta.

La mattina della prima domenica, dalla data in cui ha inviato la sua lettera aggressiva, ha portato per lui una risposta inaspettata e una sorpresa ancora meno attesa.

Fred, che non si era deciso a scendere in paese, temendo di perdere la calma e di ricadere di nuovo con un'altra scena d'amore come quella di una notte, era nel cortile a controllare dei tizi, quando colse il trotto di un cavallo che partì. Si stava avvicinando e, sorpreso da una possibile visita, abbandonò il suo lavoro e guardò incuriosito il cancello del recinto.

Un cavaliere dall'aspetto imponente si fermò davanti a lei e, senza smontare, chiese:

"È questo il ranch "Cruz Alta"?

"Sembra di sì, amico." Cosa posso fare per lei?

«C'è il signor Raines?

"Dipende a cosa serve."

"Ho un incarico personale da Mr. Big."

Fred esaminò incuriosito l'ospite che, stranamente, non aveva armi alla cintura e chiese:

"Una lettera per caso? "

"Non. La commissione è personale.

"E non" trasferibili? chiese Fred sarcasticamente.

William, poiché era il nuovo arrivato, lo guardò dall'alto in basso con disprezzo e rispose:

"Per quanto, no." Posso passarlo a te, ma dopo che avrai provato a darlo al signor Bud, se non è in grado di riceverlo.

Fred colse l'aria minacciosa della risposta e, indovinando un trucco, replicò:

"Mi sembra che tu venga a mangiare i bambini crudi, e se è così, temo che i tuoi denti siano ancora troppo lattiginosi per questo." Comunque qui tutto si riceve e tutto si restituisce... anche con i ricavi. Conserverai il revolver in deposito fino a quando non avrai discusso la questione con il signor Bud?

"Hai paura di essere ucciso?

"No, è per la tua sicurezza personale." Potresti fidarti troppo di lui e...

"Non ho armi." Puoi registrarmi.

"   Bravo! Vieni armato solo di pugni. Ammiro davvero il tuo coraggio. Vorrei che il capo mi desse il piacere di parlare con te più tardi.

"Se questo è il tuo desiderio, mi offro con o senza il permesso del tuo datore di lavoro."

"Molto grato, però..."

"Che cosa?

"Niente. Che temo di non arrivare in tempo al banchetto. Aspetta un po', ti farò sapere.

Fred, molto divertito, salì nell'ufficio dove lavorava Bud e, mettendo la mano sul libro, avvertì:

"Metti giù la penna e mettiti le scarpe." Laggiù hai un messaggero del ranch di Big.

"Cosa hai, una lettera? chiese Bud, alzandosi rapidamente in piedi.

"No, figliolo; ma porta un paio di pugni in grado di abbattere un toro di sei anni.

"Cosa intendi con questo, Fred?

"Che dovrebbe portare l'ordine di rispondere alla tua lettera con i pugni." Arriva senza armi, segno che Big gli ha insegnato quanto sarebbe pericoloso avere a che fare con te con "Colt" in mano; ma, invece, è presuntuoso e aggressivo, parlando di incarichi personali trasferibili a me, se non sei in grado di occupartene.

Divertito, Bud fece alcune flessioni con le braccia muscolose e, accendendosi la pipa, scese nel cortile, dove l'erculea William attendeva curiosamente la presenza di Bud.

Questo, flemmatico, gli si rivolse dicendo:

"Buongiorno amico. Mi è stato detto che hai un incarico molto personale per me da parte di Mr. Big.

"Ecco com'è.

"Bene. Bene dirai.

"Il lavoro è semplicemente quello di darti una bella botta in risposta al tono di una certa lettera che gli hai inviato e poi portarla in sella."

"Niente di più?

"Niente di più."

"Ti hanno pagato in anticipo per il lavoro, vero?"

"No, ma questo non mi preoccupa."

"Sì, perché sarebbe un peccato se torni con una manciata di denti in meno e poi ti negano i venti dollari che ti avrà offerto quell'avaro, con i quali non ti dovresti nemmeno rinnovare i denti."

"Non è il tuo account." Quindi aspetto i tuoi ordini di picchiarti quando vorrai.

"Da parte mia, possiamo iniziare subito". Non vedevo l'ora di fare un piccolo esercizio che mi facesse venire voglia di mangiare... Pensi che questo sito sia buono?

"Sono indifferente a lui."

"Anche a me. Ti ha avvertito nel caso trovassi le piastrelle del patio troppo dure da sopportare per la tua testa...

"Pensi che il tuo resisterà al colpo?

"Non mi sono preso la briga di pensarci." Non intendo mettere alla prova la durezza del suo contenuto.

"Lo vedremo. Quando vuole, signor Bud.

"Può iniziare quando vuole, signore..."

"William, mi chiamo William Polk."

"Va bene, scrivi il nome, Fred." Ti servirà per l'anagrafe giudiziaria e per ordinargli la solita corona.

"Wow, altri due dollari sul conto!" Big sta per essere rovinato a questo ritmo.

Bud si preparò per una delle crisi più violente che avesse mai sofferto. Non disdegnava la forza del suo nemico, né i pugni rozzi e spessi che mostrava, e la fiducia che mostrava nel successo. William doveva essere un combattente professionista abituato a trattare con uomini duri, e mentre faceva affidamento anche sui suoi pugni e sulle abili lezioni che Fred, il suo insegnante, gli aveva dato, sapeva che avrebbe dovuto mettere tutta la sua anima nella lotta se avesse non volevano vedersi. esposto a quel bruto che adempiva coscienziosamente l'ordine che gli avevano dato.

Affidando tutto il successo alla sua flessibilità di gambe e vita, in quello che sapeva sarebbe stato migliore del suo rivale, iniziò il combattimento con alcune minacce al volto senza intenzione di eseguirle e solo per orientarsi sulla capacità di combattimento del rivale e tattiche che avrebbe usato.

Ben presto si convinse di avere davanti solo un uomo grande e forte, duro di pugni, resistente alla punizione e cieco al pugno; ma non aveva scuola per schivare e rompere la guardia del suo avversario, e questo lo rassicurava.

Lo avrebbe lasciato stancare costringendolo a usare troppa mobilità per il suo peso e quando lo avesse rotto si sarebbe dedicato a fare l'attaccante, con tutta l'aggressività e la vivacità che possedeva.

Entro dieci minuti dal combattimento, William stava ansimando come un manzo braccato. Bud lo aveva costretto a usare troppo le gambe e le braccia con pochissime prestazioni, e si stava rendendo conto che non era così facile sconfiggere questo nemico flessibile come aveva calcolato.

Era vero che era riuscito a toccare il viso di Bud un paio di volte, facendolo sanguinare da un orecchio e gli aveva persino dato un regolare colpo alla spalla senza ricevere la minima carezza, ma non era abbastanza e aveva bisogno di applicare la sua forza a lui pienamente. pugno da qualche parte vitale sul tuo corpo.

Stava cercando un modo per spaccarsi la faccia o mettergli un pugno nello stomaco, quando a un segnale di Fred, che stava tranquillamente assistendo al combattimento, Bud si precipitò alla locanda e, prima che il suo nemico avesse avuto il tempo di anticipare l'attacco, aveva ricevuto un'enorme diretta in bocca che lo costringeva a sputare sangue misto ad alcune maledizioni del miglior lessico da cowboy.

Fred, che aveva iniziato un gesto di approvazione al magnifico colpo, avvertì:

"Attento, Bud;" lascia un dente al suo posto così ho più tardi dove posso distrarmi. Il signore mi ha galantemente promesso di esercitarmi un po' con me quando ti metterò fuori combattimento e se applicherai un'altra diretta del genere non troverò più del lotto.

William, mordendosi il labbro, ruggì:

"Sto per disfare entrambi, sporchi maiali!" Non hai ancora visto di cosa è capace un uomo come me con i pugni.

"Non; Non l'abbiamo visto... né lo vedremo e sarà un vero peccato... per voi.

Il sorvegliante, furioso per questi colpi, cercò, in un attacco disperato, di rompere la guardia di Bud calpestando il suo terreno. Il giovane, con un salto, ha schivato la tattica e il suo pugno destro è stato inchiodato in un occhio dell'avversario, che ha alzato le mani per proteggersi il viso, ricevendo subito un altro colpo allo stomaco, che lo ha costretto a piegarsi in avanti per adattarsi. un terzo dal basso verso l'alto, schiacciandosi orribilmente il naso.

Il cowboy, acciaccato, dolorante, accecato dal sangue e infuriato per le botte, perse la compostezza e alla cieca, come se le sue braccia fossero lame di mulino che si muovessero meccanicamente, si gettò su Bud in modo assurdo, presentando il viso ai l'altro voleva amministrare, senza riuscire ad applicarne uno definitivo.

E così, in cinque minuti, è stato tramortito con la faccia completamente gonfia.

Un ultimo colpo, dato al mento senza alcun ostacolo, lo fece addormentare per qualche ora, e quando trovò il corpo a terra Bud, che sudava come un dannato e non riusciva più a tenere le braccia sotto il peso sentiti su di essi, si asciugò il sudore dalla fronte, esclamando:

"Che pezzo di elefante! Pensavo che non l'avrei fatto finire nella mia vita!

"Sì, era un osso, Bud," disse Fred.

"Ma ti è stato molto utile trattare con lui." Devi tenere a mente che molti di questi possono ricadere su di te e devi essere addestrato per affrontarli.

"Wow! Il primo di questi mastodonti a vantarsi di nuovo di bravo ho tagliato la corsa a colpi. Sono nato con la "Colt" in mano, e questa è la mia forza.

"Beh, caro." Cosa facciamo ora con questo rospo?

"Che cosa? ... Aspetta, te lo dico subito. Vai a preparare il tuo cavallo e il suo.

Bud salì nel suo ufficio e scrisse una breve lettera che mise in una busta, poi scese nel patio e disse a Fred:

"Gentilmente incrocialo in sella e monta a cavallo." Metti quella lettera in tasca e accompagnalo alla porta del ranch di Big. Voglio essere sicuro che lui e la lettera raggiungano la loro destinazione.

Fred arricciò le labbra al comando ed esclamò:

"Ehi, cosa ti ho fatto per applicarmi quella punizione?" Hai notato che da qui al Grand Canyon sono poco più di cento miglia in linea retta?

"Come se fossero duemila." Voglio che tu veda come ho messo il tuo sicario in modo che non ti dica una bugia e ci pensi un po' prima di ripetere il test.

Fred, rassegnato, legò mani e piedi al caposquadra nel caso avesse reagito sulla strada e brontolando si preparava a partire.

CAPITOLO X

GRANDE URDE UN PROGETTO TROPPO PERICOLOSO

Alcuni giorni dopo Big era in compagnia della figlia chino sulla ringhiera del ranch a contemplare il paesaggio impreziosito da uno splendido tramonto, quando l'allevatore, fissando lo sguardo sulla vallata, verso il sentiero che portava al ranch, esclamò allungando il braccio :

"Cosa diavolo è quello che si muove lì intorno? Sembra un cavallo senza sella.

Nancy seguì con gli occhi la direzione del braccio di suo padre e rispose:

"Sembra. È un cavallo che deve portare qualcosa sulla schiena. Vedo come un sacco appeso per i fianchi.

Attesero, pieni di curiosità, che il cavallo, che avanzava di buon passo, fosse tratto, con più precisione. Fu allora che Big, stupito, aggiunse:

" Per le corna di una mucca! Se quello che porti è un uomo incrociato sulla sedia.

Scese rapidamente dalla ringhiera nel cortile e quando aprì il cancello del recinto, il cavallo si era già fermato accanto a lei.

Big riconobbe allora la cavalcatura di William, il suo caposquadra, e mentre si avvicinava al fagotto trafitto sulla schiena, non ebbe bisogno di guardarlo in faccia per capire che era il suo inviato.

Ma quando cercò di accertarsene, provò un brivido di orrore nell'osservare come il sindaco presentasse un viso livido e gonfio, tutto pieno di sangue, così come i suoi vestiti.

Infuriato, si mise a gridare forte chiedendo che i feriti fossero curati e aiutati dal cuoco e un altro gli tagliò le legature e lo trasferì su un letto, dove si procedette ad una cura d'urgenza.

William, nonostante avesse ripreso conoscenza per strada, la perse di nuovo a causa del dolore e della terribile postura che portava sul cavallo e così, quando lo misero a letto, era una massa inerte che non era in posizione per dare il minimo riferimento a quanto accaduto.

Il peone procedette a spogliarlo e, così facendo, scoprì tra i suoi vestiti una lettera indirizzata all'allevatore, che si affrettò a consegnare.

Grosso, giallo per la bile che stava ingoiando, strappò la busta e lesse:

"Signor Grande:

"Non avrei mai pensato che fossi così vile, che per saldare i tuoi debiti legali usassi dei teppisti di mestiere, e ancor meno che ti riservassi la faccia da uomini.

"Mi hai mandato un orso dalle Montagne Nere in modo che invece di pagarmi i $ 6.311, mi avrebbe dato un pestaggio pari a quella cifra; ma mi hai valutato molto al di sotto della mia forza e spero che d'ora in poi mi darai loro un battito più equo.

"Ti restituisco il tuo schiacciasassi umano perché non mi è servito bene. Se vuoi davvero che qualcuno mi elimini, mandamene una mezza dozzina così, se la faccenda deve essere risolta con i pugni, o una mezza dozzina di uomini armati se dobbiamo risolverlo con i colpi.

"Pensavo di avergliela restituita un po' più presentabile, perché capisco che il poveretto arriverà in disordine, ma non ho osato farlo, perché il budget di arnica e iodio sarebbe stato eccessivo per aggiungere al conto, e non sono disposto a fare ulteriori anticipi.

"E ora, sappi questo: o paghi quello che devi legalmente, o cercherò un'ipoteca sul ranch; i cui interessi andranno a tue spese. Io sono il tuo socio industriale e tu sei il capitalista, e quindi è su a voi di contribuire con denaro per le spese generali.

"In attesa di una vostra rapida risposta, vi saluto,

"Bud Raines".

Big scatenò una terribile tempesta di epiteti su Bud e il suo albero genealogico, da Adam fino ai giorni nostri, ma Nancy, che era stata divertita dalla lettera, troncò la sua verbosità avvertendo:

"Papà, ti ho già detto che stavi rischiando un'altra delusione." Ti sei creduto più forte di Bud e ti stai rompendo le nocche contro il ferro quando lo colpisci.

"No, al diavolo il suo spirito!" Grande ruggito. Non ho creduto a niente di tutto ciò. Quello che cerco è di tagliare i fumi e al momento di mettere alla prova il suo coraggio, ma si sta rivelando troppo difficile per me e questa è la mia paura.

"Perché? Ti serviva una damigella per gestire l'attività del ranch? Non eri convinto che ci fosse solo bisogno di un uomo come Bud?

"Sì, e non me ne lamento, ma mi lamento della mancanza di rispetto con cui mi tratti." Deve aver capito che sarò il suo futuro suocero e che merito più considerazione di quella che mi dà.

"Quali gli hai dato? Raccogli ciò che hai seminato, e ascoltami bene: poiché ci vuole molto tempo per risolvere questa faccenda, temo che alla fine non avrà alcuna soluzione.

"Dammi la formula se pensi che sia così facile."

"Me? Ho forse messo insieme questo Tiberium per doverlo disfare? Che tu, hai combinato un pasticcio formidabile. Da parte mia, ti dirò solo una cosa. Anche se ti dà fastidio, sono molto felice di ciò che sta accadendo. Bud si è comportato come dovrebbe in questa faccenda e ha fatto ciò che nessun altro avrebbe fatto al suo posto per salvare questo e restituirmi un fruttuoso ranch da quello che era un nido di vespe. Penso che sia arrivato il momento di chiarire questi malintesi e mettere le cose al loro posto, perché temo che all'ultimo minuto giudicherò come te e tutto l'amorevole castello di carte che ho sollevato verrà a terra senza giustificazione e per mia sventura.

Big si arrabbiò molto con sua figlia per quelle parole. Non era altro che un'egoista, che invece di ringraziarlo per quello che aveva cercato di tagliare le unghie a Bud e trasformarlo in un essere sensibile e razionale, stava facendo la sua parte per incoraggiarlo e permettergli di continuare a trasformarsi in un bestia.

Stavano discutendo animatamente della questione quando il cuoco annunciò la visita di Laurence Raft, l'allevatore.

Nancy si alzò con rabbia dal suo posto dicendo:

"Lo saluti, papà." Sono quel ragazzo in tutto e per tutto.

Big, desideroso di infastidirla, disse:

"Beh, non io." Ho capito che è l'uomo ideale per te e mi dispiace di aver messo le ali a quell'altro ragazzo per corteggiarti. Penso che dovresti pensarci un po' e studiare la situazione. Raft è un uomo ricco, gentile, comprensivo...

"E sciocco e ridicolo", esclamò eccitata. L'uomo che corteggia una donna, che ne sorprende un'altra baciandola e che dopo essersi lasciato sculacciare da lui insiste nel corteggiare quella donna, non ha dignità.

Big, maliziosamente, rispose:

"Che cosa sai al riguardo? Credi che se Raft avesse incontrato di nuovo Bud per contestare il tuo affetto, si sarebbe lasciato così stupidamente sconfitto? Beh no. Sono sicuro che gli farebbe impallidire la faccia e taglierebbe i fumi del prepotente che ha per sempre.

"Chi, Zattera? Ha chiesto sprezzante. Scommetterei la mia anima che no.

"Sì? Bene, ti faccio una proposta, per mostrarti che il tuo idolo ha i piedi d'argilla.

"Quale? chiese Nancy con aria di sfida.

"So cosa sta arrivando." Continua follemente innamorato di te e insiste ogni giorno che io lo accetti, in linea di principio, come un genero, in modo che possa fare l'amore con te senza restrizioni. Gli proporrò di rimuovere Bud dal tuo cammino e quindi non avrò problemi a dargli la mia più completa autorizzazione a fare l'amore con te ufficialmente.

Nancy rise nervosamente e rispose:

"E pensi che sia così stupido che lo accetto?

"Perchè no? Giudichi male Laurence. È un ragazzo molto coraggioso...

"Si pensa? Beh... accetto. Lascia che provi ad andare al ranch a prendere ciò che quell'orso William non ha ottenuto, e se ha il fegato per farlo, e torna vittorioso, mi rassegnerò; ma è ben inteso che se te lo restituisce in particelle, non voglio che tu mi biasimi.

"Non preoccuparti, non succederà niente del genere." Laurence sarà l'uomo che saprà vendicare le umiliazioni che quel maleducato mi ha inflitto e che farà capire chi è veramente un uomo.

Nancy, alzando le spalle, lasciò l'ufficio di suo padre. Era così convinta che Raft non solo avrebbe fallito, ma avrebbe subito un terribile pestaggio, che non pensò all'impegno che si era presa nel remoto evento in cui Laurence fosse riuscita a sconfiggere Bud.

Big diede l'ordine di far entrare Raft. L'uomo affascinante e affascinante, che indossava un abito molto elegante ed esplosivo che lo rendeva il dandy cowboy occidentale, entrò nell'ufficio risoluto e determinato.

Big lo guardò dubbioso dalla testa ai piedi. Non era un cattivo ragazzo; Dimostrò di essere forte e robusto, ma accanto a William era un peso piuma, eppure Bud aveva battuto magnificamente il forte caposquadra. Ma Big, che era uno psicologo e oltre a un personaggio subdolo e malizioso, aveva progetti molto diversi da quelli che aveva esposto a sua figlia.

Non respingeva Bud, né nutriva rancore nei suoi confronti se non quello che sentiva fosse così orgoglioso e indomito. Per il resto ne ammirava le qualità: spirito, aggressività e orgoglio, e lo credeva un futuro genero stimato.

Ma c'era qualcos'altro in questo che voleva liquidare senza esporsi a essere bollato come un uomo variabile e poco fermo nelle sue convinzioni.

Molto tempo fa, prima che Bud emergesse come una meteora nella storia del ranch, Big aveva compromesso a metà con il padre di Laurence per armonizzare un possibile legame tra i loro figli. Sembrava che questo fosse un affare per entrambi e qualcosa di molto utile sentimentalmente per tutti, perché avrebbe unito le due fortune e reso la coppia un matrimonio ideale.

Big non esitò ad accettare l'idea in linea di principio, soprattutto considerando che dei giovani che potevano distinguersi nel Grand Canyon erano davvero pochi quelli che potevano soddisfare le condizioni da lui volute per sua figlia, ma ebbe cura di lasciarla al sicuro . Il testamento di Nancy, quello che non poteva imporre per qualcosa di così serio come il matrimonio.

All'inizio, trovò Raft simpatico e amichevole, ma gradualmente iniziò a non piacergli. Era troppo presuntuoso, un po' volubile, più amico di vantarsi alle feste e ai rodei che di piantare le sue ossa nella sella del cavallo e legare il bestiame per marcarli, e si disse che questo non era adatto a un allevatore nella sua scuola.

I pascoli devono essere curati e custoditi dal loro proprietario e in caso contrario, né gli operai lavorano con fede, né il bestiame è al sicuro, perché gli allevatori di bestiame trovano sempre un varco aperto per tagliare il filo spinato quando sanno che l'occhio del padrone fa non tenere il ranch.

Se poteva mancare qualcosa per non sentirsi convinto del giovane, è stato evidenziato dalla scena nel patio la notte in cui Bud ha amministrato quel sovrano pestaggio e la poca dignità mostrata in seguito, continuando ad essere innamorato di Nancy e disposto a sposarsi lei nonostante sapesse che un altro uomo aveva incrociato il suo cammino con possibilità di successo, commettendo un'azione che, non essendo da lei ripudiata, lo lasciava in un luogo ridicolo.

Big ha accolto calorosamente Laurence, chiedendo:

"Cosa c'è, caro Raft? Dove cammini con tanta grazia a quest'ora del pomeriggio?

"Solo per vederti, Mr. Big."

"Oh, per non essermi preso la briga di sprecare un paio d'ore davanti allo specchio. Noi allevatori stiamo meglio quanto più odoriamo di manzo.

"Sì," sorrise Raft, "ma anche se vengo a trovarti, non vengo a trovarti..."

"Inteso. Questo giustifica molte cose. Ebbene, mio caro amico, cosa mi porti contro?

Laurence tossì per schiarirsi un po' la voce e disse:

"Beh, davvero, per insistere vicino a te su qualcosa di cui abbiamo già parlato qualche volta, ma questa volta in modo più serio." Stamattina ho scambiato impressioni con mio padre e lui mi ha incoraggiato a venire a parlare con lui, ricordando alcune conversazioni che avete avuto tempo fa.

"Adesso! ... Ricordo che abbiamo parlato di certi estremi, ma capirai che ho solo la mia volontà, ma non quella di mia figlia.

"Certo certo! Ma tu sei pesante.

"Ottantacinque libbre più o meno", disse serio l'allevatore.

"Voglio dire, il tuo consiglio pesa molto." Se ti mostri interessato... forse Nancy si deciderà e...

Big si lanciò all'attacco e rispose:

"Ascolta, Lorenzo." Ho ricordato le mie conversazioni con tuo padre e ho cercato di inclinare lo spirito di Nancy verso di te. Ad un certo punto, ho pensato che fosse deciso, ma è successo qualcosa di imprevisto e...

"So cosa vuoi dire," lo interruppe Raft, facendo una smorfia, "ma sembra che sia successo." Fortunatamente per lui, Bud era assente e Nancy non sembra aver preso molto sul serio la sua assenza.

"Non proprio la tua assenza, ma conosci già le donne, soprattutto quelle occidentali; Sono impressionabili, si innamorano di uomini virili e coraggiosi, li ammirano per la loro aura di uomini imbattibili e lasciano che il loro amore inclini all'ammirazione piuttosto che al sentimento di affetto stesso. Mia figlia non fa eccezione e non posso giurare che Bud non abbia lasciato impronte nel suo spirito. Tuttavia, è saltato fuori qualcosa che mette la situazione in un momento di tensione e forse qualcuno che ne sa approfittare può trarre un grande vantaggio da quel terribile sicario.

"Non quell'uomo armato, non così terribile, Mr. Big." Un tale uomo ce ne sono dozzine in Occidente.

"Farai meglio a metterlo su di me, allora." Il fatto è che, come non saprai, Nancy ha ereditato un ranch a Whitebills, il cui ranch era un riccio, non c'era modo di raggiungerla senza pungerle gli aculei. Ho mandato lì Bud con la sana intenzione di pungersi, ma deve essere stato abbastanza abile da liberare la sua pelle dalla carezza degli aculei, e questo lo ha fatto crescere a tal punto che è diventato rude e insopportabile.

"Non dà segni di vita, non rende conto delle sue azioni e quando, infastidito, gli ho inviato una lettera a nome di mia figlia ordinandogli di adempiere al suo obbligo, ha risposto così sgarbatamente che Nancy è andata alle stelle e giustamente.

"Per punirlo ho deciso di mandare una delle mie pedine, quella che prometteva di dargli una bella botta, ma... sai quanto sono pagate le persone. L'ha presa con poco calore e... il risultato è stato che invece di sculacciare la pelle di pecora, è stato sculacciato.

"Non posso tollerare questo stato di cose e ho deciso di andare al ranch, per occuparmene, ma sospetto che le cose non saranno così facili. Ho già molti anni e né la mia agilità né la mia resistenza sono affrontarli. con un giovanotto audace, ma non ho altra scelta che espormi. Nancy non vuole ed è così disperata, che so con certezza che se emergesse un uomo con coraggio capace di dargli un bel pestaggio e abbassare i fumi, oh, quell'uomo avrebbe un sacco di bestiame per conquistare il suo amore.

Big aveva astutamente raggiunto il punto desiderato. Il pallone era stato lanciato e non restava che a quel giovane, presuntuoso e sciocco, che lo raccogliesse.

Così è stato. Zattera, con gli occhi di fuoco e un gesto di insopportabile orgoglio, si alzò dicendo:

«Quando vuoi che andiamo al ranch per sistemare questa faccenda?

Big finse di essere sorpreso e disse:

"No, no, Zattera! Non voglio esporvi al fallimento. Mi farebbe male se questo ti servisse da pretesto per farti perdere il terreno che hai conquistato nel cuore di mia figlia. Pensa che se fossi stato sconfitto in questi momenti culminanti, lei ti disprezzerebbe per averle fatto concepire speranze che non può davvero acquisire.

"Beh, apprezzo il tuo interesse, ma so che non ho altra strada più breve e più dritta di questa." D'altra parte, ho un debito da pagare con Bud e sono infinitamente felice che si presenti questa opportunità per permettermi di ripagarlo e, allo stesso tempo, portargli via ciò che può ferirlo di più al mondo. Sono determinato e andrò.

 "Beh, non voglio che tu creda che voglio toglierti la minima possibilità di ottenere ciò che meriti, ma insisto che il test è molto pericoloso per te."

"E apprezzo le tue insinuazioni, ma credo di essere sicuro del trionfo." Non dimenticare che dove c'è un uomo ne sorge un altro.

"Questo è molto vero."

"Quindi spero che mi dirai quando sarà la marcia."

"Beh... diciamo fra tre giorni." Ho ancora dei preparativi da fare.

"Beh, sono felice e verrò qui." Ora, se me lo permetti, farò una chiacchierata con Nancy.

"Penso che tu sia in un brutto momento oggi." Nancy ha un terribile mal di testa a causa della lettera di quell'uomo e capirai quanto sarebbe fastidioso per lei parlare di cose estranee alla sua situazione. Penso che lo lasceresti per domani, lo do per scontato.

"Beh, se la pensi così, non insisto."

Raft salutò Big, promettendo di soddisfare il suo desiderio di vendetta e si ritirò molto felice dell'opportunità che gli era stata presentata per decidere Nancy. Il suo debito in sospeso con Bud doveva essere soddisfatto, e lui non era uomo da dimenticare reati di quella natura.

D'altra parte, l'amore di Nancy valeva il sacrificio, ed era innamorato della ragazza con la stessa passione che poteva esserlo Bud.

CAPITOLO XI

UNA FESTA INTERROTTA

Maliziosamente felicissimo, Big iniziò a fare i preparativi per il viaggio a Whitebills. In quel viaggio avrebbe lasciato risolte molte cose interessanti, anche se era anche consapevole che avrebbe avuto un colloquio troppo acido con quella polvere del suo rappresentante, i cui nervi e orgoglio non c'era nessuno al mondo capace di rottura.

La cosa più difficile per lui è stata convincere la figlia ad accompagnarlo. Nancy non vedeva l'ora di essere di nuovo con Bud, ma dopo tutto quello che era successo aveva paura del primo incontro, che avrebbe potuto ritorcersi contro, se Bud fosse arrabbiato con lei come lo era con suo padre.

Big sprecava tutta l'eloquenza che era in grado di convincerla. Se la giovane amava davvero Bud, se era disposta a sbarazzarsi delle assiduità di Raft e a scartare Raft dal suo cammino, e se voleva che quella tensione nervosa tra Bud e loro si dissipasse, avrebbe dovuto accettare il viaggio, perché se qualcuno fosse necessario Lascialo agire come un diplomatico, nessuno più adatto di lei a superare la testardaggine di Bud.

Questo ha indignato Nancy e lei ha risposto:

"Qual è la tua idea adesso, papà? Che io ti salvi da quella postura ridicola che hai adottato per il tuo piacere?

L'allevatore si grattò la testa, perplesso, e rispose:

"Beh, forse hai ragione su questo." Non mi sento molto a mio agio nei suoi confronti, ma non devi dimenticare che tutto quello che ho fatto è stato per difendere i tuoi interessi e per stimolare da un lato e tirare le redini dall'altro a quel puledro selvaggio, più selvaggio di tutti gli stalloni che ha cacciato in montagna.

"Tutto ciò è molto buono, ma con esso mi mostri solo che tutte le cose buone che hai come allevatore le hai orribili come politico. Dovrò sopportare l'urto della rissa se non voglio buttare la mia relazione con Bud dalla finestra, e nel caso mancasse qualcosa, ora mi assumerò anche la responsabilità di ciò che accade a quella zattera cretina.

"Ioh! ... Non quello. Per la cronaca, ti ho completamente avvertito del rischio che corri nel sentirti un eroe. Se ti mandano dal dentista a causa tua, fai pure.

"Tutto questo, contando su Bud che lo sculaccia." Hai pensato a cosa sarebbe successo altrimenti?

"Certo che lo è, ma quello... non sarebbe una cosa seria."

"Come no? Sarebbe difficile per me rompere definitivamente con Bud, perché sarebbe indegno vederlo umiliato da quel burattino. Dovresti risarcirlo, Dio sa come, per tutto quello che ha fatto al ranch e mi lasceresti fidanzata con Raft, che pretenderebbe, giustamente, che io lo sposi.

"Non quello! Ho solo promesso di acconsentire a che ti assedi ufficialmente. Quello che non potevo assicurargli era che lo avresti sposato.

"Non mi sarei perso di più." Comunque hai fatto un pessimo lavoro. Porti Raft al macello come si dice volgarmente e non è molto nobile.

"Beh, non lo sarà, ma non pensi che se lo sia guadagnato?" Continua a molestare me e te e in qualche modo devo accusarlo.

"Non hai pensato che a causa dell'odio che professano, possono risolvere questa questione con i colpi di pistola?

"Wow, non lo è! Ma non lo permetterò.

Sarebbe troppo. Parlerò con Raft e lo avvertirò che non voglio colpi. Non lo vorresti con le mani insanguinate.

"Digli che non lo amerò in alcun modo e sarà più nobile."

"Quello mai. Quel momento è passato.

Nancy stava per dire che l'avrebbe fatto, ma, rendendosi conto dello sconvolgimento che le avrebbe causato, si trattenne.

Per rendere il viaggio meno oneroso, Big aveva pronto il calesse e, per comodità, si faceva accompagnare a cavallo da uno degli operai, che faceva legare per le briglie il jackfruit grigio che Nancy usava per le sue passeggiate quotidiane.

Nancy aveva intenzione di andare da sola con suo padre al ranch, ma all'ultimo momento dovette acconsentire alle richieste di Rosa, la sua cameriera, la quale, pur non dicendo nulla del vero motivo che le faceva desiderare quel viaggio, si sentì verso Fred e anch'io non vedevo l'ora di rivederlo.

Una mattina iniziò la processione, alla quale si aggiunse Zattera. Sembrava che stesse per conquistare il Nuovo Mondo e se non guidava un esercito di esploratori per dargli una scorta, doveva essere perché il loro numero non si dava così tanto da fare.

Molto orgoglioso e orgoglioso, teneva il suo cavallo da un lato del calesse ei suoi sorrisi erano come un fiorire dedicato alla semina delle rose sul sentiero della giovane donna.

Questo, serio ed egocentrico, la fece pensare molto più lontano di quanto Raft supponesse. Nancy, sconvolta, si chiese come Bud li avrebbe accolti e in quale situazione si sarebbero trovati entrambi per il futuro.

Ma Laurence, presuntuoso e orgoglioso, credeva che alla ragazza importasse solo dell'esito del suo prossimo combattimento con Bud e osò persino insinuare:

"Non ti preoccupare più, Nancy, vedrai come tutto si risolverà con tua soddisfazione e senza violenza."

Lo guardò indefinitamente. Lo aveva sempre pensato come un essere dotato di pochissime luci, ma non lo aveva mai ritenuto così frivolo e inconsapevole e si diceva in cuor suo che una nuova e definitiva battitura si meritava molto perché imparasse a giudicare il cose della vita con un po' più di realismo e umanità.

Questo pensiero la fece rinunciare alla sua intenzione di parlare con lui e costringerlo a rinunciare a un'azione che non le avrebbe portato nulla di benefico. Tutti dovevano godersi ciò che si era ben guadagnato e Raft non aveva il diritto di guadagnare più di quello che lui stesso stava cercando.

* * *

Era la metà di ottobre. Già l'autunno si annunciava, spogliando lentamente gli alberi del loro verde sgargiante ornamento e in lontananza le cime rocciose cominciava a tessere il suo velo, annunciando che presto l'avrebbe sparsa per la valle. Al mattino l'acqua degli stagni si presentava con una sottile patina di ghiaccio che il sole riusciva a sciogliere subito, e di notte si apprezzavano alcuni ceppi che ardevano nel focolare.

Bud stava compiendo ventiquattro anni quel giorno. Bud l'aveva dimenticato fino al giorno in cui venne al mondo, ma Fred fu così gentile da ricordarglielo senza altro incoraggiamento che infastidirlo facendogli vedere che stava camminando vecchio.

Bud diede ascolto all'avvertimento e organizzò un pasto straordinario per i suoi operai quel giorno. Mangiava con loro nel capannone generale, offriva loro una grossa torta di mele che la zitella aveva preparato con cura, dopo il pasto dava loro qualche bicchiere di brandy e dei sigari che aveva acquistato in paese, e persino presentarli con alcuni. canzoni della sua vendemmia, al ritmo di una nuova chitarra che aveva acquistato per sfogare i suoi momenti di malinconia, quando il ricordo di Nancy traboccava nella sua anima e aveva bisogno di ricordare la bella notte decisiva della sua vita, cantando la vecchia canzone che ha così cambiato il corso della sua esistenza.

I cowboy, avvertiti da Fred, che sapeva tutto, avevano deciso di restituire il dolcetto regalandogli qualcosa di pratico e insieme avevano acquistato una magnifica "Colt", con impugnatura in osso, sulla quale era inciso il nome della persona favorita.

Il revolver era stato accuratamente riposto in una scatola di legno, avvolto in bolle di cotone e legato con nastri di seta, come se fosse qualcosa di sottile e delicato.

Di conseguenza Bud aveva decretato che quel giorno fosse considerato un giorno festivo e, tranne un paio di braccianti che sorvegliavano il pascolo e si alternavano ogni due ore in modo che tutti si godessero la festa, nessuno lavorava quel giorno.

Dopo il pasto e quando fu l'ora dei brindisi, Fred si alzò con il bicchiere in mano e, chiedendo silenzio, posò delicatamente la scatola sul tavolo e disse:

"Mi dispiace molto che queste bestie di pedine sotto il mio controllo mi abbiano incaricato di essere proprio quello che ringrazia per la festa e si congratula con Bud Raines per il suo compleanno, e dico che ha un sapore molto cattivo, perché sono un uomo così difficile da parlare, che temo di poter rovinare un atto così bello.

"Ma, finalmente, io e questo culo abbiamo litigato così tante volte che anche se lo facessimo di nuovo oggi, non avrebbe nulla di speciale e potrebbe anche rivelarsi il più appropriato come degna conclusione della celebrazione.

"Caro Bud, ho il compito di questi bravi ragazzi di mettere nelle tue mani un piccolo dono che hanno acquisito insieme e dedicarlo a te come simbolo delle tue lotte e dei tuoi sforzi per la prosperità del ranch. Se fossero partiti a mio capriccio, ti giuro che invece di questa cosa che vi è racchiusa ti avrei dato delle giarrettiere o un corsetto, perché capisco che è ciò che più ti si addice, visto il tuo carattere schivo, la tua innata timidezza e la tua mancanza di coraggio per andare a cavallo, ingoiarti in sella per cinquecento miglia, per intrufolarti nel ranch di quell'ebreo strisciante chiamato Lou Big e portare sua figlia Nancy sul sedere, che è quello che i tuoi antenati e i miei avrebbero fatto se avessero vissuto in questa epoca, in cui tutti ci vantiamo di essere coraggiosi e alla fine,Siamo solo asini addomesticati che hanno imparato a maneggiare rapidamente un revolver, come avremmo potuto imparare a maneggiare una falce o un rastrello.

"Ma, beh, poiché la cosa è senza speranza, qui ti faccio il regalo e io, da parte mia, mi chiederò quando sarai pronto per usarlo in modo che la gente non dimentichi che sei nato con una Colt "In la tua mano poiché a quanto pare ti sei addormentato, con il peso dell'arma.

E per la cronaca, se ci permetti di farlo, il grazioso prenderà il tuo posto e ti getteremo nello stagno come una rana spelacchiata, così che tu muoia di disgusto sotto il limo. Penso di aver detto quello che dovevo dire.

Un applauso salutò l'incongruo discorso, e Bud, che lo aveva ascoltato tra divertimento e fastidio, si alzò, bicchiere in mano, dicendo:

"Signori, il discorso di questo Fred bestia mi ha commosso a tal punto che non so se sparargli cinque volte nella pancia in modo che possa digerire bene o abbracciarlo, per l'interesse che ha me."

"Non si possono criticare le persone il giorno in cui compiono ventiquattro anni, senza essersi sposati, quando chi lo fa ha già compiuto venticinque anni...

"Protesto! esclamò Fred. Sei insidioso. Stai accumulando anni per me e questo è giocare con un vantaggio.

"Insisto su quello che ho detto e lo terrò con i pugni se il suddetto mi dimostra che sto mentendo. D'altra parte, sono il più interessato a realizzare un programma così bello, ma le cose non sono state così facili come pensa questo coglione. In ogni caso, per dimostrartelo, esaudirò con tanta fretta ciò che mi viene chiesto. Prima di un mese andrò al Grand Canyon a cercare la signorina Nancy e la porterò qui per laurea o per forza, ma se poi tutta la regione del Colorado brucia a colpi farò trovare a questo barbaro chi si perde che crede che l'amore sia come il bestiame, che può essere rubato dal più forte.

Gli applausi interruppero il discorso e Bud, incuriosito, sciolse il pacco finché non scoprì la rivoltella.

Lo prese in mano, lo esaminò con piacere e lasciandolo nella scatola, esclamò:

"Grazie mille, amici, ma... vorrei chiedere a Dio che mi serva solo per decorare il mio ufficio e non per testarne la qualità sulle carni di un altro uomo". La vita cambia i sentimenti delle persone ed io, che pensavo di essere nato solo per vivere con la "Colt" in mano, oggi mi sento benissimo come ha detto Fred, che mi sembra addormentato per il peso dell'arma.

"Quando in modo imprevisto ho imparato una notte che è più facile conquistare l'amore e il cuore di una donna con lo strimpellare di una chitarra e un canto nato dal profondo dell'anima, ho acquisito la convinzione che non è con il revolver che ti permette di ottenere le cose più belle del mondo, ma distruggile.

Fred si grattò la testa alla discussione e rispose:

"Beh, potresti avere ragione, ma se non lo capisci... puoi tenerlo, che è la cosa interessante."

Qualcuno si presentò al capanno con la chitarra per far cantare a Bud una canzone, dato che tutti avevano un grande interesse per essa, e mentre Bud li assecondava, Fred lasciò l'incontro per dare un'occhiata ai pascoli. Ma appena uscito dal recinto, è tornato come un'anima che il diavolo si porta dietro gridando:

"Germoglio! ... Gemma! ... Stanno arrivando! Loro stanno arrivando!

Il giovane, uditolo e credendo che fosse qualche nuovo tentativo di aggressione, chiamò la rivoltella e con essa in mano uscì nel cortile seguito dai suoi uomini, chiedendo:

"Chi sta arrivando? Al diavolo la tua figura, spoiler!

"Chi sarà? Fred ha risposto nervosamente. Quel Grande Ebreo. E non viene da solo. Con lui c'è la signorina Nancy e quel burattino Laurence Raft.

Tutta la gioia che gli aveva fatto sentire che Nancy stava arrivando, fu amareggiata quando Laurence fu nominato, e, riponendo malinconicamente la rivoltella nella fondina, mormorò:

"Bene. Si vede che le mie buone intenzioni sono inutili. Qualcuno ha scritto nel libro della mia vita che devo morire con la "Colt" in mano e ci riusciranno.

Attraversò il cortile e uscì dal recinto, gettando un'ampia occhiata al sentiero che conduceva al ranch.

Sollevando nuvole di polvere densa, il calesse si mosse verso di lui. Dal pendio poteva abbracciare perfettamente la figura di Big, grossa e soddisfatta, con le mani incrociate sullo stomaco e un sorriso malizioso sulle labbra, mentre Nancy, seria e severa, con gli occhi fissi sulla strada, sembrava più preoccupata e ansiosa. Che soddisfazione per quella visita.

Accanto a lui, altezzoso sul cavallo, coperto di polvere ma ritto come un palo, Laurence camminava, e Bud pensò di non aver mai trovato Nancy così bella, né di aver mai trovato Laurence così ridicolo e antipatico come quel giorno.

I pedoni erano allineati sulla soglia in due file per salutare l'ambita padrona, e Bud, mordendosi il labbro per l'eccitazione e la rabbia, si fece avanti un po', ma mai abbastanza da far credere loro che avrebbe reso omaggio ai viaggiatori.

Il calesse si fermò presso il recinto e Laurence, smontando diligentemente da cavallo, si fece avanti per tendere la mano a Nancy per aiutarla a scendere, ma lei fece finta di non vedere il gesto e lo fece dalla parte opposta, lasciandolo scontento.

Bud colse il gesto e lo ringraziò intimamente. Aveva avuto un'urgenza selvaggia di precipitarsi nella carrozza e di immergervi il suo impavido nemico.

Mr. Big, che era sceso per primo, si avvicinò a Bud dicendo:

"Buon pomeriggio, signor Raines." Voglio presumere che non ti aspetteresti questa piacevole visita.

"Non posso obiettare che tu prenda ciò che vuoi", fu la secca risposta.

Nancy, dopo una breve esitazione, si fece avanti e gli tese la mano bianca, esclamò:

"Buon pomeriggio, Bud, come stai?"

`` Molto bene, signorina Nancy. Non te lo chiedo, perché vedo che stai perfettamente bene. Vuoi onorarmi entrando?

Fece cenno a Fred, che stava fissando a bocca aperta Rosa, la cameriera di Nancy, e ordinò:

"Fred, che ci fai lì in piedi?" Guida questi signori nelle stanze di sopra.

Big, osservando le pedine allineate, fu sorpreso dal caso e chiese:

"Cosa diavolo significa? Hai avuto notizie del nostro arrivo e hai mobilitato tutti questi gangster per proteggerti le spalle?

"Non ne ho ancora bisogno, Mr. Big." Oggi festeggiano.

"Festa perché?

"Perché è il mio compleanno e ti ho invitato a mangiare in modo straordinario, lasciandoti libertà per il resto della giornata."

Big finse di essere scioccato da un simile atto di prodigalità e brontolò:

"Come? Ma secondo te pago la squadra per approfittare di qualsiasi pretesto e smettere di lavorare?

"Quando decidi di pagarli qualche volta, sottrai dal mio stipendio l'importo che gli corrisponde oggi. Nel frattempo, non vantarti di ciò che non hai ancora fatto.

Si morse il labbro e rispose:

"Beh, ne parleremo."

Fred, che aveva perso tutto il suo equilibrio affrontando Rosa, investì diversi suoi compagni mentre cercava di guidare i viaggiatori e marciò in avanti, mentre Bud, voltando le spalle a Laurence, che lo aveva guardato con occhi dispettosi, seguiva Nancy lasciandolo abbandonato in modo offensivo.

Raft balzò in piedi davanti a lui dicendo:

"Ciao amico." Puoi essere un grande pistolero, ma puoi anche essere educato. Ho accompagnato Mr. Big e il minimo che ha dovuto fare è dire buon pomeriggio e invitarmi a entrare. Il resto può venire dopo.

Bud lo guardò dall'alto in basso e rispose:

"Ho l'abitudine di salutare chi mi piace e di non farlo con le persone che non mi piacciono." Se vieni con Mr. Big, lascia che sia lui a invitarti. Non sono al suo servizio, ma suo.

Big si voltò rapidamente e, legando Laurence per un braccio, disse:

"Scusa, Raft, sono stato distratto dalla discussione." Certo che sei mio ospite e, quindi, poiché il ranch appartiene a mia figlia, che è quanto mia, sono io che ti invito a entrare per lei.

Raft sembrava soddisfatto dello schiaffo morale dato a Bud ed entrò al braccio dell'allevatore, mentre Nancy, rimanendo volutamente indietro, accorciò il passo finché Bud non le fu accanto.

Soffriva tutti i dolori del purgatorio, non sapendo come comportarsi con lei. Nancy sembrava fredda e preoccupata, ma era l'unica che aveva gentilmente cercato di rompere il ghiaccio di questa situazione, di non poter restare a lungo in quella posizione.

Nancy ha dichiarato:

"Trovo che il ranch sia molto cambiato, Bud." Sembra che siano stati fatti lavori di ristrutturazione in esso.

Bud ha risposto cerimoniosamente:

"Sì, qualcosa è stato fatto per ripulirlo, anche se in verità ti assicuro che non mi aspettavo che tu lo onorassi così presto con la tua visita." Se lo avessi saputo, avrei reso gli accordi estremi... se fosse stato possibile per me.

"Molto è stato fatto per lui." Lo ricordo da quando sono venuto a trovare la mia povera zia quattro anni fa ed è stato un peccato. Perché non ce l'hai detto?

"Signorina Nancy, ci sono molte cose che non ho detto e non per mancanza di voglia, ma perché le mie opportunità sono state tagliate. Spero che uno sia venuto a parlare e poi saprai tante cose che non sai.

Avevano raggiunto l'ultimo piano e Bud si fece avanti per guidarli verso l'ufficio.

Entrarono tutti in lui e Bud, alzandosi, chiese:

"Hai un piano preconcetto, Mr. Big, o lo lasci a me?"

"Ne porto molti, ma possono aspettare." Cosa proponi?

"Se sei interessato a farci visitare prima la proprietà."

"Beh, andiamo a trovarla."

Bud li guidò attraverso, mostrando loro l'interno, che era stato rifatto e sembrava allegro e attraente.

Big, con una faccia seria, non commentava nulla, ma in cuor suo era contento di ciò che vedeva.

Quando si guarda alla galleria; Nancy guardò questo pieno di pentole che cominciavano ad appassire ed esclamò:

"Oh che carino! In estate questa galleria deve essere l'ideale!

"Non è male." Ora stanno cominciando a crescere le viti che forniranno ombra e andrà meglio.

Era partito per l'ultimo posto per mostrare loro la bella stanza destinata a Nancy. Quando aprì la porta e glielo mostrò, Big esclamò ironicamente:

"Vedo che conduci una vita da buongustaio piuttosto che da allevatore, signor Raines." Questa stanza è più simile a una donna che a un uomo.

"Questo è quello che ho pensato quando l'ho preparato." Speravo che un giorno il proprietario sarebbe venuto qui e l'ho fatto decorare per lei.

Big si morse il labbro, infuriata per lo slittamento e Nancy, grata, esclamò:

"Molto carino. Penso che ci inviti a trascorrerci più giorni di quanto avessimo pensato di essere qui.

Bud, molto divertito nell'osservare la confusione di Big, chiese:

"Vuoi vedere i pascoli e il bestiame adesso? C'è ancora luce e potrai giudicare com'è.

"Bene. Termineremo la visita.

Bud urlò a Fred, che se ne era andato, così come a Rosa, e ordinò:

"Fred, porta i ragazzi ai pascoli." I signori vogliono vederlo.

Fred scattò con i pedoni e Big, seguito da sua figlia e Raft, che sembrava una banshee che fluttuava intorno a loro, si diressero verso il pascolo.

L'allevatore verificò che era stato posato un nuovo recinto di spine, che il bestiame era aumentato in quantità e che la loro qualità era eccellente, e notò anche che il pascolo era stato ampliato con la nuova terra acquistata da Bud.

Fingendo ignoranza, chiese:

"Hai ottenuto il permesso di mettere il bestiame sui pascoli di altre persone?

"No, Mr. Big, quei pascoli appartengono al ranch di Miss Nancy."

"Come? Li hanno regalati?

"Quasi. L'acquisizione non è andata male. Quei cinquemila dollari dispari che mi hai inviato come saldo del nostro primo conto hanno fatto miracoli.

Big ha preso il colpo, dicendo:

"Ne parleremo dopo."

Passando per i nuovi capannoni scoprì, attraverso la porta aperta, il prezioso stallone bianco che Bud aveva riservato per sé e, fissandolo, esclamò:

"Hai un bel cavallo, Bud, anche a causa di quei cinquemila"dispari dollari?"

"Anche. Non ti sto dicendo che ho fatto miracoli con loro?

Nancy, affascinata dal cavallo, gli si avvicinò carezzandolo amorevolmente e Bud, con voce tremante, disse:

"Signorina Nancy, quel cavallo ti appartiene e puoi disporne quando vuoi." L'ho allenato per te e stavo solo aspettando l'occasione per dartelo.

Nancy esitò e alla fine rispose:

"Grazie, Bud, mettilo da parte per quando sarà il momento di sistemare tutti i conti."

Tornarono al ranch. Big con impazienza ha avvertito:

"Vorrei che parlassimo un po' di affari." Penso che tutti ne abbiamo bisogno.

"Sono a tua disposizione.

"Beh, per me, puoi iniziare quando vuoi."

"Mi scusi, ma mi occupo solo degli interessati." Posso farlo con te o tua figlia o entrambi, ma nessun altro.

"Lo stai dicendo per il signor Raft?" Se il Signore è come se fosse di casa!

«Molto bene, perché quando la casa sarà tua definitivamente, e sarà appena sistemeremo i conti, dagliela se vuole, e da parte mia non ci saranno disagi. Nel frattempo, ci occuperemo noi di questa questione.

"Bene bene. Nancy, penso che arrivi un po' stanca e ti piacerà riposare. Vai nella stanza che ti hanno galantemente preparata e lascia che Rosa ti aiuti a prepararti per la cena. Quanto a te, signor Raft, puoi scegliere una stanza e procedere alla pulizia. Sai che sei a casa.

"Grazie mille, ma preferisco andare a cavallo mentre tu ti occupi dei tuoi affari." Quando tornerò, ripareremo sicuramente il mio.

"Bene; come desidera!

Nancy uscì e incontrò Rosa, che lo aspettava nel corridoio, mentre Raft, un po' nervoso, incapace di definire la sua vera situazione, scese nel patio, attraversò il recinto, montò a cavallo e trotterellò per digerire il momento. solenne che viveva, perché era in preda alla più grande ansia e non poteva prendere una decisione che lo chiarisse.

Il suo cuore lo avvertiva che era stato preso dai denti di una trappola dalla quale non poteva liberarsi, ma in ogni caso aveva un atteggiamento chiaro in cui non si sarebbe arreso. Avrebbe saldato il debito che aveva con Bud, e dopo che Dio aveva disposto ciò che era più opportuno.

CAPITOLO XII

COME REAGISCE UN UOMO

Erano soli nell'ufficio Bud e Big, e poi il primo mise i libri contabili sulla lavagna e indicandoli, disse:

"Signor Big, ecco tutti i miei debiti, ma poiché lei è in debito con me, mi aspetto che depositi sul tavolo l'importo del saldo precedente." Allora chiedimi cosa pensi sia pertinente.

"E' essenziale che io depositi quell'importo in anticipo? La mia parola non è sufficiente per ripagarla se è giusta?

"Potrebbe bastare, se tu fossi stato dignitoso con me." Non basta, quando mi hai trattato peggio dell'ultima e più spregevole delle tue pedine.

"Come mi hai trattato? Che resoconti mi hai dato delle tue azioni e dei tuoi affari? Sapevi di avere a che fare con qualcosa che non era tuo.

"Ma quello che mi interessava quanto te." Che ne sarebbe stato del ranch se non avessi avuto l'ingegno di acquistare denaro e pagare gli operai, ampliare i pascoli, acquistare altro bestiame, rinnovare questa casa in rovina e assicurarne il credito?

"Non dubito che lo abbia fatto in quel modo, ma come ha fatto e perché non mi ha dato un resoconto tempestivo?"

"Perché mi ha trattato come un inetto e come un servo e io non sono niente di tutto questo." Sarò povero, perché ho sperperato la mia fortuna personale, ma ho l'ingegno di crearne una nuova se mi impegno.

"Non sono convinto di te, Bud." Dammi i conti dopo. Vedrò se hai ragione.

"Non te li darò senza prima aver ricevuto i soldi."

"Mi dispiace, ma non posso essere d'accordo." Sarebbe tornare all'argomento della tua prima lettera. Ripeto che se è giustizia, pagherò quello che devo.

Esaltato, Bud si alzò in piedi, schiaffeggiò i libri, facendoli cadere a terra, e urlò:

"Non darà nulla, perché gli do tutto! Gli lascio un ranch che vale il doppio di quello che valeva quando mi prendevo cura di lui; Gli lascio il doppio del terreno di quello che aveva quando sono arrivato; Vi lascio una degna squadra e non una banda di ladri di bestiame; Glielo lascio pagato fino al giorno e gli lascio più bestiame di quello che ho trovato qui. Ti lascio anche il mio stipendio di sette mesi, che ti do perché tu possa fare il regalo di nozze a tua figlia quando sposerai quel cretino che hai portato in tua compagnia, se non prima che ti inchiodi allo steccato per scemo . Ho un destino ed è compiuto. Sono nato con la "Colt" in mano e con essa vivrò fino a quando non cadrò con i miei stivali, ma non vivrò mai sotto il controllo di nessuno,

Bud spinse violentemente il tavolo e si diresse verso la porta, con l'intenzione di andarsene. Big cercò di trattenerlo, ma lui lo respinse bruscamente e quando lo aprì con violenza, si fermò confuso quando scoprì invano la sagoma di Nancy che gli sbarrava il cammino.

"Aspetta un minuto, Bud," disse bruscamente. Vorresti concedermi la grazia di qualche minuto di conversazione?

Bud esitò, ma con uno sforzo violento rispose:

"Sei una donna e non posso negare nulla a una donna." Mi dirai cosa vuoi da me.

"Gli sto solo ricordando la conversazione che abbiamo avuto una notte nel patio del ranch di papà." Lui ricorda?

Bud, con un groppo in gola, mormorò:

"Sì! Si parlava di desiderare le stelle... di amori impossibili... di qualche altra cosa sull'argomento.

"Infatti. Si è parlato anche di muri che impediscono di saltare per prendere ciò che più si desidera. Penso di essere stato io a dirti che se eri un uomo coraggioso e rischioso saltare quei muri... L'hai fatto?

Bud la fissò con angoscia. Negli occhi di Nancy ardeva uno strano fuoco, qualcosa di grande e sublime che era come la promessa e l'invito di quella notte, e, senza riuscire a trattenersi, accecato dalla splendida visione di lei, indovinava tutto ciò che la sua anima nascondeva e che ancora Non aveva avuto il tempo di capire, tese le braccia convulsamente, esclamando:

"Non! Non l'ho saltato, dannazione alla mia anima! Ma adesso lo salterò anche se dovessi schiantarmi in autunno!

E tenendola come quella notte, la baciò di nuovo davanti a Big, che scoppiò a ridere.

Bud lasciò Nancy e, voltandosi contro di lui, urlò:

"Di che stai ridendo?

"Che divertimento mi sono divertito a tue spese, Bud." Ti ho continuamente spronato senza che te ne accorgessi e hai giocato al mio gioco senza saperlo. Giorno per giorno, sono stato informato di quanto stavi facendo qui per guadagnare ciò che desideravi di più al mondo; ma non mi sembrava opportuno passargli la mano sulla schiena lodandolo, nel caso ci credesse e svenisse per strada. Ci sono sentieri in cui non puoi riposarti, perché corri il rischio di scivolare all'indietro e di perderti. Per questo lo incitavo da dietro e non volevo fermarmi fino all'ultimo momento.

"E qual è l'ultimo momento per te? chiese Bud.

"Perché dice?

"Per via di quel burattino che è stato portato qui come scorta." Se il tuo scopo era porre fine a questa farsa, qual era l'ostacolo?

"Questo è l'ultimo ostacolo che devi rimuovere, Bud." Mi dispiace, ma non c'è altra soluzione. È un foruncolo che è uscito molto tempo fa e che non c'è stato modo di eliminare.

Nancy si alzò con rabbia per dire:

"Non è giusto, papà." Tutto quello che devi fare è licenziarlo.

"No, figlia, Laurence è uno di quelli che si convincono solo con i pugni." Te l'ho detto e tu lo sai. È venuto ostinatamente qui per farti assistere alla sua sconfitta per la seconda volta e deve essere contento.

Bud, udendolo, uscì dalla stanza, a tutta velocità e scendendo nel patio, gridò:

"Dov'è quel ragazzo che accompagnava Mr. Big?

"Ha detto che sarebbe uscito a fare una passeggiata nella valle." Non credo ci vorrà molto.

In quel momento, il cavallo di Laurence si profilava in lontananza e Bud, con il cuore traboccante di gioia, aspettava che arrivasse.

Quando Raft atterrò a terra e scoprì Bud, strinse i denti e chiese:

"La conferenza è già finita? Posso sapere qual è la mia situazione in questa casa?

"Sì, e te lo farò notare." Ho organizzato con Mr. Big e sua figlia il mio prossimo matrimonio con Nancy. Questo ti darà un'idea della tua posizione e ora, poiché so che sei venuto con l'intenzione di saldare quel debito in sospeso, sono a tua disposizione per saldarlo, ma tieni presente che la fine non cambierà affatto per te. Vincitrice o perdente, la signorina Nancy sarà mia moglie.

Raft impallidì quando lo sentì. Si rese conto, anche se tardi, di essere stato un giocattolo nelle mani dell'astuto Big e una rabbia sorda lo invase.

Controllando la sua rabbia, disse freddamente:

"Va tutto bene, Bud." Hai vinto e non c'è più da parlare di questa faccenda. Sono stato uno sciocco a non capire che quello che è successo quella notte nel cortile del ranch è andato più in profondità di quanto avessi immaginato, ma non c'è il diritto di prendere in giro un uomo come ha fatto Mr. Big. Potrei non essere un buon partito per tua figlia, ma non sono un debole o un codardo a cui si insegna il coraggio con i pugni.

"Mi hai sconfitto una volta quando, animato da una rabbia sorda e da una grande speranza, ho combattuto con te per difendere il mio amore e so che mi sconfiggerai meglio oggi che i trionfi sono tuoi e combatterò per una causa vana; ma, soprattutto, voglio stabilire che sono uomo da rassegnarsi alle sconfitte, ma non da evitarle.

Si tolse la giacca e la cintura, che gettò da parte e disse:

"Quando vuoi, sono pronto per iniziare..."

Bud sentì morire tutto il suo odio per Raft per il suo virile tratto maschile, e avvicinandosi a lui rispose:

"Ascoltami, Laurence." Sai che non sono un codardo. Sai anche che oggi ti batterò meglio che mai, proprio perché combatto per tutto e tu per niente. Ma voglio dirti una cosa che non avrei mai pensato di doverti dire. Oggi sei diventato un uomo gentile per me. Mi hai mostrato di avere un carattere virile e rendo omaggio a uomini interi. Mi farebbe male vederlo allontanarsi da questo ranch malconcio e distrutto, pieno di un doppio risentimento che non avrebbe portato a nulla. Né ai miei occhi né a quelli di Nancy, sarai inutile se ti rassegni e rinunci a questa stupida battaglia che non porterà a nulla. Finisci di dimostrare di essere un uomo che accetta ciò che il destino ti ha imposto e prendi me come esempio. Avevo rinunciato a tutto a tuo favore, credendo che Nancy ti amasse. Avevo già rinunciato ad ucciderlo nonostante fossi l'uomo incaricato di essere nato con la "Colt" in mano. Un giorno ero convinto che si guadagnano più cose con una canzone e una chitarra che con i pugni oi colpi, e avevo deciso di riporre la rivoltella per sempre. Non farmi pensare che non dovrebbe essere così e che dovrei usarla stupidamente con te, se dopo aver combattuto non sei soddisfatto e continui a pensare a una rivincita. Ciò che non risolviamo come esseri umani, non lo risolveremo come bestie. se dopo aver combattuto non siamo soddisfatti e continuiamo a pensare a una rivincita. Ciò che non risolviamo come esseri umani, non lo risolveremo come bestie. se dopo aver combattuto non siamo soddisfatti e continuiamo a pensare a una rivincita. Ciò che non risolviamo come esseri umani, non lo risolveremo come bestie.

Raft rimase teso per un momento, come se dubitasse dell'atteggiamento da assumere. Improvvisamente fece due passi, prese giacca e cintura, se li infilò e, saltando sul cavallo, attraversò la staccionata dicendo:

"Ciao, Bud, buona fortuna a te!" Dì a Nancy che me ne vado da codardo per non perdere almeno la sua stima.

"Ciao, Zattera! gridò Bud. E non pensarlo. Non te ne vai da codardo, ma da vero uomo. Un giorno lo riconoscerai così.

Il cavallo si perse nella polvere sulla strada, e quando Bud entrò nel cortile, si imbatté in Fred, che, molto sconsolato, disse:

"Beh, vecchia volpe, hai già risolto la tua causa, ma io?" Come lo risolverò, se non ho nessuno con cui litigare per contestare l'amore di Rosa?

"Non? esclamò Bud ironico. Ora vedrai come sì!

E prima che l'ingenuo caposquadra avesse il tempo di stare in guardia, sbatté un colpo diretto sul mento che lo lasciò disteso sulle lastre di pietra del cortile.

Poi se lo portò in spalla e, salendo le scale, andò nella stanza dove Rosa stava preparando i vestiti di Nancy.

La ragazza, vedendolo arrivare con il corpo inanimato di Fred, emise un piccolo grido ed esclamò allarmata:

«Che cos'è, signor Bud? Cosa è successo al povero Fred?

"Che è più idiota di me, e questo è già abbastanza." Mi è dispiaciuto molto perché non avevo nemici con cui combattere per contestare il tuo amore e mi sono dato per darti quel piacere. Dimmi se ti lascio o ti butto in uno stagno per affogare per un idiota.

Rosa, indignata, esclamò:

"Ed è per questo che hai dovuto maltrattarlo in quel modo? Pensi che io abbia bisogno di una merda invece di un uomo? Per amarlo basta il viso che ha. Non ho bisogno di essere pugno"cambiato.

Bud, sorridendo, esclamò:

"Beh, allora non c'è bisogno di affrettarsi." Tra tre o quattro ore lo avrai di nuovo. Dato che ero determinato a non litigare più con lui, avevo bisogno di farlo mordere il terreno prima o poi e l'ho già fatto.

All'improvviso Fred si alzò e, guardandolo beffardo, disse:

"Cosa ci credi, pezzo di culo! Vediamo se pensi che non abbia visto l'azione! Quello che succede è che volevo prenderti in giro, dandoti quella stupida soddisfazione..., ma, alla fine, ti ringrazio, perché mi hai salvato dal dover fare qualcosa di più difficile e pericoloso per me che combattere con te.

"Che cosa? Pezzo di animale!

"Beh, devo testimoniare a questo giovanotto." È stato più difficile per me che combattere contro dodici fuorilegge.

Bud, deluso di non aver sconfitto di sorpresa il suo rude amico, esclamò minacciosamente:

"Va bene; Prendilo in giro, ma non rivendicare la vittoria. Ti giuro che il giorno del matrimonio ti darò un tale pestaggio che dovranno portarti in chiesa su una barella.

"Dovrei vederlo! esclamò Fred. E ora, per favore, vattene, devo dire qualche parola a questa zolletta di zucchero. Se sei così idiota da sprecare il tuo tempo, minacciando risse invece di cantare canzoni d'amore al tuo tormento, non sono da biasimare. Vai fuori di qui!

E con una spinta superba, lo mise in corridoio, sbattendo la porta...

FINE